AF199219

Ulrich Grode

Ein Haus an der Schwale

Erzählung

Bibliografische Information der Deutschen Nationalbibliothek:

Die Deutsche Nationalbibliothek verzeichnet diese Publikation in der Deutschen Nationalbibliografie; detaillierte bibliografische Daten sind im Internet über http://dnb.dnb.de abrufbar.

Umschlagillustration und -gestaltung: Janko Grode
Lektorat: Carina Grode

Herstellung und Verlag: BoD – Books on Demand, Norderstedt

ISBN: 978-3-7448-6932-4

Ihr Worte, auf, mir nach!

Ingeborg Bachmann, 1961

1

Das Land versank.

Er sah durch die hohen Erkerfenster in den grau verhangenen Garten, der mit allerlei Tannengrün und Buchenbraun zur Schwale hin abfiel, die mit hohem Wasser hinter einem schmutzig grün-weißen Pavillon verschwand. Schon irgendwann im Sommer hatte ihn Novembermelancholie erfasst, hatte sich nicht schönreden lassen auf stillen, nassen Wegen mit herbstlichem Laub und sanft fallenden Blättern, die ihn in Kindertagen stets erwartungsfroh an Schneeflocken hatten denken lassen. Zu dunkel die Wolken, die Tag für Tag über Wasserfelder mit Inseln von verfaulendem Mais zogen, zu aufgeweicht die Wege, zu oft war er durchnässt nach Hause gekommen.

Die Welt in Wasserfarben. Deckweiß war einmal.

An manchen Tagen scheute er sich, den Wasserhahn aufzudrehen.

Staunend beobachtete er die quirlige Betriebsamkeit der Vögel. Wie sie in der Vogeltränke badeten, untertauchten, sich schüttelten! Die Spatzen im halben Dutzend, die Amseln allein. Wie sie auf den Stangen des Futtersilos saßen, drehten, pickten! So leicht, lebendig, spielerisch. Er wusste, dass es nur die halbe Wahrheit war. Fern, auf den hohen Birken, saßen die Krähen. Aasfresser. Sie konnten warten. Irgendwann war auch diese muntere Schar hier vor ihm alt und müde, lahm und leer.

Beatrice kam herein, fand zwischen all den Büchern und Zeitungen auf dem niedrigen Tisch noch Platz für die Becher mit dem dampfenden Tee, setzte sich ihm gegenüber in einen der großen Lesesessel mit bereitliegenden Decken und Kissen und lächelte ihn an: »Es dauert nicht mehr lange, dann sind die Kinder da. Wenn du nichts dagegen hast, bringen wir uns wie jedes Jahr mit Gert Westphal in Stimmung: *Weihnachten bei den Buddenbrooks*.«

Er nickte. Wie gut sie aussah. Kurzes, graues Haar, gepflegte, glatte Haut, schlank, sportlich. Die drei Kinder und die vielen Jahre an der Uni und in der Politik sah man ihr nicht an. Immer zupackend, optimistisch. Wie jetzt auch. Sie hatte ein Gefühl für Sprachen und Menschen und konnte aus dem Stehgreif einen Standpunkt vertreten, den man jederzeit als Leitartikel in der ZEIT hätte veröffentlichen können. Bald würde sie mit einer Delegation nach China reisen, und er stellte sich vor, wie sie neben der EU-Außenbeauftragten Modigliani oder Mogherini – nie würde er sich den Namen merken können – Xi Jinping gegenübersaß, der ihr mit versteinertem Lächeln Komplimente zu ihrem tiefroten Rollkragenpullover machte mit dem Hinweis auf die Farbe des Sozialismus, das habe er verstanden, das wisse er zu schätzen, und wie sie ihm nach ein paar höflichen Floskeln auf Chinesisch ein festes *»Sire, geben Sie Gedankenfreiheit!«* entgegenhielt, woraufhin er – verunsichert – »Marx?«, sie »Schiller!« hinzufügte. Und er, Basilius, hätte das zu gern in der TAGESSCHAU erlebt, wie sie dann vom Weltreich Spanien im 16. Jahrhundert erzählte, dem Reich, in dem die Sonne nicht unterging, von den verzweifelten Bemühungen Karls, Philipps, mit

Unterdrückung und Gewalt dieses Reich in die Neuzeit hinüberzuretten, und wie kläglich sie gescheitert waren!
Basilius bewunderte sie, obwohl oder weil, das hätte er gar nicht so genau sagen können, er sie auch manches Mal für etwas weltfremd hielt: Das war dieses Lehrerhafte an ihr. Die Welt als Schule. Als gäbe es Gewissheiten, die man lernen, abfragen und dann jederzeit und überall voraussetzen könne.

Als sei es unmöglich, noch einmal hinter Schiller zurückzufallen.

Vielleicht war das der tiefere Grund, warum sie es nicht in die große Politik geschafft hatte. Worüber er letztlich froh war, denn: Was machte es mit einem Ehepartner, seine Frau überwiegend in der TAGESSCHAU zu sehen? In Zeitungen?
In einem Haus zu leben, das ständig überwacht wurde?
Weniger regnen würde es auch nicht.
Seitdem er seine Praxis geschlossen hatte, war er viel draußen, in den Parks und auf einsamen Wegen, schlenderte durch Kunsthallen und Galerien, hörte Musik, ging ins Theater, las und verfolgte das Politische nur mit mäßiger Aufmerksamkeit, gerade so viel, wie es ihm für das verträgliche Miteinander mit Beatrice notwendig zu sein schien.
Sie hatte die CD eingelegt, und er hörte – zum wievielten Mal eigentlich? – diese volle, warme Stimme, bei der er irgendeinen Nikolaus vor sich sah mit *Drauß vom Walde komm ich her ...* Hier jedoch hieß es:

Am herrlichsten aber war dennoch der Weihnachts-
abend zu Hause, denn der Konsul hielt darauf, dass
das heilige Christfest mit Weihe, Glanz und Stimmung
begangen ward. Wenn man in tiefer Feierlichkeit im
Landschaftszimmer versammelt war, während die
Dienstboten und allerlei alte und arme Leute, denen
der Konsul die blauroten Hände drückte, sich in der
Säulenhalle drängten ...

Welch beschämendes Schauspiel, dachte Basilius, und
niemand da, der geschrien hätte, stattdessen:

... erscholl dort draußen vierstimmiger Gesang, den
die Chorknaben der Marienkirche vollführten, und
man bekam Herzklopfen, so festlich war es. Dann,
während schon durch die Spalten der hohen, weißen
Flügeltür der Tannenduft drang, verlas die Konsulin
aus der alten Familienbibel mit den ungeheuerlichen
Buchstaben langsam das Weihnachtskapitel, und war
draußen noch ein Gesang verklungen, so stimmte man
»O Tannebaum« an, während man sich in feierlichem
Umzuge durch die Säulenhalle in den Saal begab, den
weiten Saal mit den Statuen an der Tapete, wo der mit
weißen Lilien geschmückte Baum flimmernd,
leuchtend und duftend zur Decke ragte und die
Geschenktafel von den Fenstern bis zur Tür reichte.
Aber draußen, auf dem hartgefrorenen Schnee der
Straßen ...

Unwillkürlich sah er durch das hohe Erkerfenster in
den vor Nässe triefenden Garten.

... musizierten die italienischen Drehorgelmänner,
und vom Marktplatz scholl der Trubel des

Weihnachtsmarktes herüber. Außer der kleinen Clara beteiligten sich auch die Kinder an dem späten Abendessen in der Säulenhalle, bei dem es Karpfen und gefüllten Puter in übergewaltigen Mengen gab ...

Beatrice hatte die letzten Worte mitgesprochen, drehte die Lautstärke herunter und sagte:»Und dann ist mindestens den Kleinen schlecht, und Doktor Grabow verschreibt strenge Diät, ein wenig Taube, ein wenig Franzbrot. Übrigens, ich habe genug Magentropfen gekauft.«

Sie folgte seinem trüben Blick nach draußen:»Viel Regen in letzter Zeit. Da meint es jemand gut mit den Fischen. Aber: *Vögel, die verkünden Land.* Und unsere brauchen noch Futter. Sieh dir die Feldsperlinge an, immer hurtig, immer zusammen. Da, die Kohl- und Blaumeisen! Gestern hab ich sogar eine Tannenmeise gesehen. Sie bewegt sich wie ein Zaunkönig. Selten hatten wir so viele Vögel im Garten. Manchmal zwitschern sie schon Frühling. Auch einen Stieglitz hab ich gesichtet. Ich glaube, zwischen Hauswand und Markise wird ein Nest gebaut.« Sie zögerte und zeigte auf die dicken Wolken:»Da könnte auch ganz viel Schnee in der Luft sein. Ach, wär das schön, wenn es morgen schneien würde.«

»Schnee? Bei diesen Temperaturen?« Er lachte kurz auf:»Da müsste der Gefrierpunkt des Wassers sich kurzfristig auf zehn Grad plus verändern. Winter, wie wir ihn kennen ...«, und er nahm eine Weihnachtskarte vom Tisch mit einer raureifgeschmückten Fluss- und Waldlandschaft,»den gibt es nur noch auf solchen Fotos und in der Schule.«

»Und in alten Romanen«, fügte sie hinzu.

»Weißt du«, er schmunzelte, »Westphal, Lübeck und die *Buddenbrooks*, das passt. Aber Anders Stüwe mit Busch, Morgenstern und Ringelnatz war mir im Grunde lieber. Erinnerst du dich?

Den Unterschied bei Mann und Frau sieht man durchs Schlüsselloch genau.

Herrlich, wie er das vortrug! Wie man alles, alles vor sich sah! Selig die Zeiten vor der Geburt des Fernsehens und Internets. Als es noch eine Kindheit gab, in der man die Welt der Erwachsenen mühsam entdecken, erobern musste. Und Stüwes verschmitztes, schalkhaftes Lächeln umfasste das Wissen um die unendliche Vielfalt des Menschlich, Allzumenschlichen. Er und Westphal, beides Könner, keine Frage. Und wenn es einen Himmel gibt, lesen sie jetzt da oben abwechselnd vor. Engelscharen liegen ihnen zu Füßen, und Gott rauft sich die Haare, dass er da unten nicht solch wortgewaltige Priester hat. Aber Anders passte eher zu uns. Warum? Gerade gestern musste ich an ihn denken, als mir Ringelnatz begegnete. Ja, tatsächlich. Er ist mir begegnet. Ich kam vom Ticket-Center der Bahn und wollte über die Ampel zum Kiosk, um dir noch DIE ZEIT zu holen. Blickrichtung Sex-Shop. Ich musste warten. Vor mir stand ein Paar. Er, klein, stämmig, vielleicht 35, südländisch mit ausgeprägtem Ringelnatz-Profil, dunkle Haare, nach hinten gekämmt, zum Zopf geflochten. Sie, jünger, überragte ihn mindestens um Kopfeslänge, lila gefärbtes, wirr geschnittenes Haar. Aufrecht stand sie da, fast würdevoll, eine braune Wollstola um die Schultern gelegt, enger Rock, Leggins, sehr hochhackige Schuhe. Die Ampel zeigte rot. Es nieselte heftig. Armes Mädchen, du wirst nass, dachte ich. Er dachte es offenbar auch, drückte auf das gelbe Dingsda, um die Ampel zum Grün zu überreden, lächelte sie stolz an, öffnete die rechte Armbeuge, was sie bemerkte und ihn tatsächlich einhakte; und in diesem Moment habe ich fast gebetet, es möge aller meiner Erfahrung zum Trotz dieses eine Mal tatsächlich funktionieren und Grün kommen. Und es kam Grün, und die beiden schritten wie ein hochheiliges Paar Richtung Bahnhof. Ich freute mich mit ihnen. Weihnachten in dieser Stadt, dachte ich.«

Beatrice lachte: »Na weißt du, wie du das erzählst. In dieser Stadt voller Gefahren erinnert mich das eher an Mackie Messer und die Seeräuber-Jenny. *Wenn dann der Kopf fällt, sag ich: Hoppla!* Das muss dich ja mächtig beeindruckt haben. Aber wo ist das Kind?«

»Das kommt noch«, murmelte er und trank einen Schluck. »Das braucht manchmal etwas länger. Oder? Hör mal! Klappten da nicht Autotüren? Sie kommen. Und nicht nur *ein* Kind. Himmel, hilf! Land unter.«

2

Und dann war alles sehr schnell gegangen. Im Laufe des Vormittags rollten erst Ben und Mary mit ihren Kindern Baldur und Boris an, dann Bodo und Sofie mit Dominique, quartierten sich in den oberen Räumen ein und übernahmen die Festtagsregie.

»Ohne Baum? Das geht ja gar nicht!«, hatte Bodo gesagt, seine alten Gummistiefel und den Overall aus dem Keller geholt und war mit Axt und Säge in den Garten marschiert.

Ben, immer schon der feinere und stillere von beiden, hatte beim Tragen und Aufstellen geholfen; das Schlagen und Sägen, splitterndes Holz und das krachende Fällen eines Baumes waren ihm ein Gräuel.

Beim Schmücken in der Diele zu Chris Reas *Driving Home for Christmas* in Endlosschleife schleppten die Kinder aus dem Keller bunte Kugeln, ineinander verknotete Lichterketten, vergoldete Walnussschalen, rote Stoffwichtel und Zinnsoldaten heran, hängten es mal hier, mal dort hin oder reichten es weiter an Beatrice. Maria, Josef, die Hirten, Ochs und Esel fanden sich in Porzellan, und als Baldur bemerkte, das Jesuskind fehle ja, einigte man sich schnell auf ein Lamm, zwar aus Holz und Wolle, aber von bestechendem Symbolwert, wie Beatrice in einem kleinen Leitartikel allen klarzumachen versuchte.

Boris gelang es derweil, eine Spieluhr aufzuziehen und damit eine sich wie ein Karussell im Kreis drehende Scheibe mit Tannenbaum, Weihnachtsmann und ein paar Geschenken nebst der Melodie von *Stille Nacht, Heilige Nacht* in Gang zu setzen, die sich allerdings auf Dauer nicht gegen *Driving Home* behaupten konnte.

Während Bodo sich bald nach oben verzog, er müsse noch einiges abarbeiten, Mary und Sofie den Baum unter vielem Gelächter zu Ende schmückten, weil Beatrice ihnen Bölls *Nicht nur zur Weihnachtszeit* erzählte, kamen Baldur und Boris auf die Idee, sich aus kleinen Tannenzweigen und einem Stirnband Tarnanzüge zu basteln, mit angekokeltem Holz aus dem Kamin die Gesichter zu schwärzen und – wie sie sagten – das Haus von Terroristen zu befreien.

Basilius hatte sich in den Erker verzogen und das bunte Treiben aus der Distanz beobachtet.

Was machte Mary so anziehend, überlegte er. Sie hatte dunkles, längeres, locker hinten hochgestecktes Haar. Etwas Geheimnisvolles lag in ihren Augen und Gesichtszügen. Vor allem aber war es wohl das Offene, Lachende, Leuchtende. Ihr ganzer Körper schien auf Sinnlichkeit gepolt.

Ben setzte sich zu ihm, bemerkte das aufgeschlagene Buch auf dem Tisch, nahm es und las. War er nicht 24 Stunden am Tag zu beneiden, dachte Basilius, mit einer solchen Frau verheiratet zu sein? Er hörte Ben den Anfang vorlesen:

Die Göttliche Komödie: Als unseres Lebens Mitte ich erklommen, befand ich mich in einem dunklen Wald, da ich vom rechten Wege abgekommen ...

Er legte das Buch wieder weg: »Von Dante Alighieri. Ist das lustig? Wird das lustig? Es soll eine Komödie sein!«

Hatte seine Stimme immer schon so einen aufgesetzten, provozierend-intellektuellen Touch?, dachte Basilius. »Der Begriff hatte damals eine andere Bedeutung«, antwortete er ruhig. »Aber die menschlichen Probleme sind die gleichen. Eine Jenseitsreise. Es beginnt in der Hölle und …«, er zögerte einen Moment, »und endet im himmlischen Paradies, mein ich mich zu erinnern. Lange her, dass ich es zum ersten Mal las.«

»Witzig«, sagte Ben. »Nach einem Geschäftsessen vor ein paar Tagen sagte mir jemand wie im Scherz: ›Wenn du in der Hölle bist, geh einfach weiter! Aber wohin in Zeiten, da selbst das Paradies zur Steueroase verkommen ist?‹«« Er lachte etwas gequält, machte eine kleine Pause und fügte dann hinzu: »Ja, der rechte Weg ist nicht immer leicht zu finden.«

Basilius sah ihn an: »Was meinst du damit? Geschäftlich?«

Ben stutzte einen Moment. »Nein, nein. Die Geschäfte gehen gut. Sehr gut. Es ist mehr das Drumherum …«

»Das Zimmer bleibt verschlossen!«, hörten sie Beatrice mit klarer Stimme durchs Haus rufen. »Es ist Merets Zimmer. Sie ist lange nicht daheim gewesen. Aber sie kommt wieder. Da ist niemand. Im ganzen Haus gibt es nur zwei Terrorzwerge, und das seid ihr, meine Süßen. Kommt runter!«

Warum können wir jetzt nicht aufstehen und nach draußen gehen, dachte Basilius. Vielleicht würden wir ins Reden kommen. »Wichtig scheint mir«, sagte er, »dass man auf seiner Reise – wohin auch immer – nicht allein ist. Bei Dante taucht als erster Begleiter Vergil auf; du weißt, er hat die Flucht des Aeneas aus dem besiegten und zerstörten Troja nach Italien beschrieben …«

»Aeneas, Vergil, Dante«, wiederholte Ben lachend. »Wie Codewörter aus einem Spionagethriller. Fremde Namen aus fernen Zeiten. Dante A-li-ghi-e-ri!« Jede Silbe betonte er.

Baldur und Boris hatten sich ein wenig enttarnt, waren nach unten gekommen und hörten, wie ihr Vater die Namen sprach, als suche er ihnen auf diese Weise näherzukommen. Plötzlich flüsterte Baldur seinem Bruder etwas ins Ohr. Dann hakten sie sich unter, tanzten fröhlich singend um den Baum – »Onkel Ali, Tante Geri, schwimmen übers Mittelmeeri!« – und verschwanden in der Küche.

Ben sah ihnen hinterher: »Sie sind jetzt in der 5. Klasse. Ihre Schule hat ein Zirkusprofil. Mitten auf dem Schulhof steht ein großes Zelt mit Manege, Umkleide- und Schminkräumen. An zwei Tagen kommen Clowns und arbeiten mit den Kindern spielerisch auf, was sie bewegt. Und du siehst, sie bekommen schon viel mit von dem, was in der Welt passiert.«

Während Beatrice mit den beiden Jungen nach oben ging, damit sie sich für die Bescherung umzogen, tauchte Dominique auf. Er war häufiger bei Oma und Opa an der Schwale, weil seine Eltern gerade in den Schulferien viel unterwegs waren, und hatte auch schon Freundschaften mit Gleichaltrigen in der Nachbarschaft geschlossen. »Bei Jan gehen jetzt alle in die Kirche«, sagte er.

Bodo nahm ihn in den Arm: »Ich finde Kirchen am schönsten, wenn sie leer sind. Heutzutage weiß man nicht mehr, was einen da erwartet. Krimi-Gottesdienst soll die neueste Masche sein. Also vielleicht *Das leere Grab* oder *Kindermord in Bethlehem* … Wer möchte sich das gerade heute antun?«

Dominique sah ihn zweifelnd an. Er habe anderes gehört.

Da erklang helles Glöckchengeläute. Baldur und Boris standen vor dem Baum, sauber und adrett gekämmt, und verkündeten, das Lamm Gottes sei wieder einmal geboren, liege in der Krippe und werde beschenkt.

»*Mäh*-rry Christmas!«

Alle lachten, Beatrice hob mahnend den Zeigefinger: »Ihr Lästermäuler!«

Auf dem Weg ins Esszimmer nahm Basilius Bodo ein wenig beiseite und fragte, wie es ihm gehe.

»Danke. Hundertprozentig gut. Alles vom Feinsten.«

»Viel zu tun?«

»Zum Glück«, rief Bodo. »Es klingelt kräftig in der Kasse.«

»Dann ist es ja gut«, sagte Basilius, klopfte ihm auf die Schulter und dachte: Schade, aber so ist es schon immer gewesen. Ein richtiges Gespräch habe ich mit ihm nie führen können. Er betrachtete ihn, während er zusah, wie Speis und Trank aufgetragen wurden. Schlank, champagnerschlank fiel ihm unwillkürlich ein, vielleicht, weil Bodos Augen seltsam glänzten, sehr schlank und braungebrannt, weißes Hemd, hellblauer Anzug, der nicht unbedingt schick, aber teuer aussah. Wie die Uhr. Er sah nach Geld aus. Welch pfauenartige Aufgeblasenheit, dachte er. Als sie damals in der Familie auf sein Abitur anstießen, in der Diele, wo jetzt der Baum stand, hatte Bodo seinem Bruder eine Wette vorgeschlagen: Wer als erster eine Million knackt, der ... Ja, was war es gewesen? Meret hatte sich in dem Moment verschluckt. Zum ersten Mal hatte sie Sekt trinken dürfen. Basilius hatte nicht verstanden, worum es in der Wette ging und ob Ben sie überhaupt angenommen hatte, hatte sie damals auch nicht ernst genommen. Aber jetzt fiel sie ihm wieder ein. Bodo schien nach dem Prinzip zu leben: Wenn du das Geld hast, mach es. Und am besten sofort. Autokennzeichen an seinem Porsche: B-O 1.

»Wohnt ihr jetzt in Berlin?« »Nein. Kleiner Scherz der Führungsclique im Konzern. Interne Kürzel als Nummernschild. H-EL 1 für Helmut. M-AN 1 für Manfred usw.«

Er schenkte den Wein ein, setzte sich, Schüsseln wurden herumgereicht, Teller gefüllt, und als er sah, dass jeder etwas hatte, erhob er das Glas: »Schön, dass ihr gekommen seid. Frohe Weihnachten.«

Man stieß an, erwiderte den Wunsch, trank und aß, lachte ausgelassen. Basilius versuchte einem Gespräch zwischen Ben und Bodo zu folgen, verstand aber nichts, weil ihm viele Wörter oder Begriffe unbekannt waren. Am anderen Ende des Tisches versuchte Beatrice die Jungen von der Sinnhaftigkeit zu überzeugen, Latein als zweite Fremdsprache zu wählen. Vergeblich, wie es schien.

Telefon!? Basilius ging und bat, als er nach einigen Minuten wiederkam, um Ruhe.

»Beatrice, Frau Kurczinski aus dem Heim hat angerufen. Dein Vater ist ausgebüxt. Sie haben die Polizei verständigt, machen sich aber auch selbst auf den Weg. Sie wollte uns nur schnell informieren.«

»Ach, du mein Schreck!« Beatrice schlug die Hände vors Gesicht. Dann stand sie auf, ging ein paar Schritte und sagte: »Ihr wisst, Vater ist so dement, dass es schon lange keinen Sinn mehr macht, ihn aus dem Heim nach Hause zu holen. Auch Frau Kurczinski bittet darum; denn wenn er hier gewesen ist, ist er dort umso verwirrter. Ich möchte hin, aber … ich denke, niemand aus unserem Kreis sollte jetzt noch Auto fahren. Taxi? Dürfte schwierig sein. Und es ist ja nicht um die Ecke …«

»Wir müssen abwarten«, sagte Basilius ruhig und legte seinen Arm um ihre Schulter. »Lasst uns zu

Ende essen. Und dann holen wir die Geschenke. Die Kinder haben schon eine Engelsgeduld gehabt ...«

Die Stimmung war gedrückt. Basilius hatte Bilder vor Augen von dem alten, hageren Mann, wie er im Nachthemd mit wehendem Haarkranz den Rollator über aufgeweichte Feldwege schob, in Wind und Regen; denn es goss jetzt wirklich wie aus Eimern.

Die Verteilung der Geschenke verlief ruhig, und ein wenig Freude kam auf, ja, eine fast festliche Stimmung. Dominiques Wunsch nach einer Malwerkstatt war erfüllt worden. Und auch Baldur und Boris beugten sich neugierig über seinen Kasten mit unzähligen Blöcken, Stiften, Pinseln, Farben und Heften.

Beatrice packte gerade ihre Geschenke aus, die sich alle irgendwie auf ihre Reise nach China bezogen – von *Chinesisch für Fortgeschrittene* bis zu Büchern über Geschichte und Gegenwart –, als Frau Kurczinski sich erneut meldete, ihr Vater sei gefunden und zurückgebracht, er habe seinen Ausflug offensichtlich gut überstanden: »Ein zäher Bursche, wir kennen ihn ja, frohe Weihnachten!«

»Dem Himmel sei Dank!«, rief Beatrice erleichtert. »Ja«, sie wies mit dem Zeigefinger zur Zimmerdecke, »der da oben meint es gut mit uns.« Sie kam ins Reden, und Basilius schmunzelte, weil es dann wieder ein kleiner Leitartikel wurde, Anmerkungen zur Geschichte der Bundesrepublik. Der Vater, aus dem Krieg heimgekehrt, berichtet von den Leichen jüdischer KZ-Häftlinge, die er im Straßengraben gesehen habe, vom Holocaust, der ihm spät, viel zu spät die Augen geöffnet, und von dem, was er sich geschworen habe: »Wenn wir Deutsche diese Schande jemals wieder gutmachen wollen, müssen wir arbeiten, arbeiten, arbeiten ...«, wie sie, die Tochter, dann in der kritischen Auseinandersetzung mit ihm zu dem Schluss kommt, Arbeit und Ethik dürften nie wieder voneinander getrennt werden, deshalb Pädagogik, Universität, Lehre und Forschung: »Wie bilden wir eine Generation aus, die in Verantwortung für das Vergangene eine menschliche, wertorientierte Zukunft gestaltet? Zunächst im Hinblick auf Deutschland, auf Europa. Jetzt aber weltweit. Kurz: der Versuch, einen neuen Humanismus als globale Leitkultur zu verankern, in gegenseitigem Respekt unterschiedlicher Kulturen, deshalb China ...«

Baldur und Boris verzogen ihre Augen mit den Händen zu Schlitzen und sangen: »Also splach del Volsitzende Xi: Sei fleißig und flöhlich, folgsam und flei, flei wie ein Vogel im Käfig.«

Alle lachten, auch Beatrice, und Basilius sagte: »Ihr seht zu viel TAGESSCHAU!«

»Nein, nein«, protestierte Baldur. »Papa sagt, TAGESSCHAU ist die Sesamstlaße fül Elwachsene. Wil haben andele Quellen!«

»Hört, hört«, schmunzelte Basilius, »Ben sägt an den Grundlagen unserer Gesellschaft. Lest ihr auch?«

»Zu wenig«, sagte Mary. »Das macht uns schon Sorgen.«

»Dann geb ich dir LSD mit«, warf Beatrice ein. »Damit sind gute Erfolge erzielt worden.«

»LSD?«

»Ja, *Loud, Slow and Deep Reading*. Ein international getestetes Programm zur Leseförderung.«

»Jetzt aber erst einmal Bilder«, rief Sofie, »sonst werden wir heute nicht fertig mit den Geschenken. Wir haben aus einem Fotoberg eine Fünf-Minuten-

Show zu den Anfängen der Familie zusammengestellt. Schaut her!«

Alles war bereits aufgebaut. Los ging's. In rascher Folge Baby-, Kita-, Schul-, Haus- und Ferienbilder: zum Baden an die Ostsee, zum Skifahren in den Harz, lachende Gesichter: Paris, London, Rom … Basilius wurde ganz schwindelig.

So leicht wäre schön gewesen, dachte er.

Leider hatten sich am Ende ein paar Bilder von Meret eingeschlichen, was Baldur und Boris ein »echt tolles Mädchen, unsere Tante« entlockte, aber Beatrice nicht davon abhielt, sich mit Küsschen hier und Küsschen dort zu bedanken und mit einem frischen Frankenwein anzustoßen.

Man kam ins lockere Schwatzen, bis schwere Schritte zu hören waren. Die Zwillinge näherten sich mit dumpfem Singsang: *Fünfzehn Mann auf des toten Manns Kiste, jo-ho-ho und 'ne Buddel voll Rum!* Sie hatten sich Narben ins Gesicht gemalt, rote Halstücher umgebunden und umkreisten die feuchtfröhliche Runde: *Schnaps und Teufel brachten alle um, jo-ho-ho …* Ben konnte nicht umhin, von der *Schatzinsel* auf Steueroasen zu kommen, und als Mary merkte, dass es Bodo zusehends nervte und der Ton schärfer wurde, scheuchte sie die Kinder mit einem »Ab in die Hängematten, ihr Piraten« in die obere Etage, während Beatrice und Sofie zur Abendzigarette im Pavillon verschwanden.

Ben ging in den Weinkeller, kam mit einer Flasche Barolo wieder, nickte Bodo zu und zeigte auf die kleine Bibliothek.

Basilius brachte ein paar Teller in die Küche und folgte ihnen, stockte aber vor der angelehnten Tür, als ihm ein herzhaftes Lachen entgegenschlug. Vielleicht ein Gespräch unter Brüdern? Vielleicht störte er nur? Er blieb unwillkürlich stehen.

»Eure beiden Jungs gefallen mir. Aufgeweckt, kreativ, spontan. Und sie haben mehr Kenntnis von der Welt als ihre Oma mit ihren Weltbeglückungsprogrammen. Erstaunlich, dass so etwas finanziert wird. Wahrscheinlich EU-Töpfe.«

»Abgesehen davon, dass die Chinesen natürlich schon lange auf so etwas wie Humanismus als globale Leitkultur gerade aus Deutschland warten, heißt der neue Guru der Pädagogik John Hattie mit seinem Werk *Visible Learning*. 50 000 Einzelanalysen, 800 Metaanalysen, 15 Jahre, 250 Millionen Schüler. Ergebnis: gute Ausstattung und Methoden sind zweitrangig. Auf den Lehrer kommt es an. Nur: Wer Lehrer gleich bezahlt, muss sich nicht wundern, was dabei herauskommt.«

»Ach, wenn wir das Beamtenfass erst aufmachen …«

»Und seit Pa seine Praxis dichtgemacht hat, wird er vollends zum Melancholiker. Aber es ging nicht mehr. Zu klein, um einen Kollegen mit reinzunehmen, Digitalisierung verschlafen, keine teuren Apparate, stattdessen lange Gespräche mit seinen Patienten. Am Ende wird jede Lebensgeschichte zur Krankengeschichte. Das rechnete sich schon lange nicht mehr. Seine Arzthelferin konnte nebenbei ihre Doktorarbeit schreiben!«

»Lotta?«

»Genau. Jetzt hilft sie hier im Haushalt. Mit Philosophie findet sie nichts.«

»Ja, unsere Eltern bauen ganz schön ab. Noch kommen sie zurecht. Aber wie lange? Was wird aus diesem großen Haus, wenn sie sich verkleinern müssen oder gar …?«

»Ich denke, von uns zieht hier niemand ein. Oder?«

»Hamburg wär das absolut Nördlichste. – Was natürlich möglich wäre, dass Sofie hier eine Kanzlei eröffnet.«

»Gute Idee. Viele Räume für die einzelnen Fachanwälte wären da. Repräsentativer Bau. Einiges könnte man drin lassen: dunkle Holzvertäfelung, ein paar Möbelstücke und Bücher, die große Küche als Sozialraum.«

»Für Parkplätze wäre der Vorgarten ideal. Du hättest also nichts dagegen? Wir behalten das mal im Auge. – Was macht dein Job? Ihr macht immer mehr in Rüstung, hab ich gelesen.«

»Ja. Die Nachfrage ist groß. Das Geld ist da. Wenn *wir* es nicht machen, machen es andere. Wir halten uns an Vorschriften. Aber klar, wo welche Waffen am Ende landen, kann ich dir nicht immer sagen. – Bei dir bleibt ja auch einiges im Dunkeln.«

»Wer sagt das? Solange ich den Durchblick habe.«

Beide lachten.

»Übrigens: Sag es den Eltern bitte noch nicht. Es könnte sein, dass ich eine Spur von Meret habe. Sie scheint auf alle Fälle am Leben zu sein.«

»Ach. Meret. Unsere Schwester. Die heilige Nervensäge. Sieh an.«

Basilius setzte vorsichtig Fuß vor Fuß, als er zur Küche ging und Beatrice mit Sofie zur Tür hereinkam: »Was stelzt du hier wie ein Storch herum? Stell dir vor: Sofie erzählt, dass Bodo 10 Hemden in 35 Minuten bügelt. Na, da kann sich Lotta mal 'ne Scheibe von abschneiden.«

»Himmel, Basilius!« Beatrice stand vor ihm und sah ihn an. »Du bist ja aschfahl im Gesicht. Geht es dir nicht gut?«

Er erschrak: »Wirklich? Es ist alles in Ordnung. Ein wenig müde vielleicht. Weihnachten ist halt anstrengend …«

Ben und Bodo kamen lachend aus der Bibliothek. Man saß noch ein wenig zusammen, plante den nächsten Tag und wünschte sich allseits eine gute Nacht.

Basilius lag noch lange wach.

3

Das gemeinsame Frühstück wurde in seinem weihnachtlichen Glanz jäh unterbrochen, als Baldur spuckte. Der Braten am Abend, Marzipan am Morgen, was auch immer. Mary kümmerte sich um ihre Kinder. Bald schon lief die Waschmaschine, und durchs Haus zog eine seltsame Mischung aus Tannenduft, Lebkuchen, Chanel und Sagrotan. Bodo und Ben gingen eine Runde joggen. Basilius sah ihnen nach, wie sie die Köpfe gockelhaft reckten und streckten, als grüßten sie nach allen Seiten ein nicht vorhandenes Publikum, stöberte mit Dominique in der Malwerkstatt, und Beatrice zeigte Sofie ihre Powerpoint-Präsentation zum Thema LIPOP: *Länderübergreifendes interdisziplinäres Projekt zur Optimierung der Pädagogik.* Am späten Nachmittag wurde gepackt. Man wollte des Verkehrs wegen lieber in die Nacht hineinfahren. Beatrice und Basilius winkten, als die Wagen zwischen den kugelrundgeschnittenen, braunblättrigen alten Buchen verschwanden, und entschlossen sich, ihren Vater im Heim zu besuchen und Frau Kurczinski einen großen bunten Teller zu bringen.

Es war schließlich Weihnachten.

4

Und Anfang Januar wurde es doch noch kalt.

Vollmond.
Himmlisches Licht.

Schon früh am Morgen ließ er sich von kleinen weißen Wolken hinaus aufs Land ziehen.

In den Rhythmus der Natur fallen.

Raureifgeschmückte Bäume. Räudige Wiesen.
Über Schneefelder jagten Rehe.
Wohin?

Einfach nur da sein.

Zu Hause Klaviermusik und eine neue Ausgabe von Ovids *Metamorphosen*, die ihm Beatrice geschenkt hatte:

Omnia mutantur, nihil interit: Alles wandelt sich nur.
Nichts vergeht.

5

Als Beatrice aus China zurückkam, war es Mai.
Von den Buchen hatten sich die letzten dürren Blätter gelöst, und schon nach wenigen Tagen war es überall grün, so grün, dass Basilius sich nicht satt sehen konnte am Frühling, der dann viel zu schnell in den Sommer überging mit wolkenlosem Himmel von morgens bis abends und einem Wind, der ums Haus heulte, die Böden austrocknete und die Menschen in die Eiscafés trieb, an Strände und Küsten.
Er hatte den Gartentisch unter die große Linde gerückt, Brot gebacken, Salat, Käse und einen frischen Weißwein besorgt, vom Rasensprenger wehte es kühl herüber, sie erzählte anschaulich und lebendig, doch wirkte sie bedrückt, sodass er sie danach fragte.
»Du hast recht«, sagte sie, zündete sich noch eine Zigarette an und inhalierte tief. »Auf dem Rückflug wurde mir klar, warum ich traurig war. Ich wusste am Ende nicht mehr, warum ich überhaupt eingeladen worden war, warum ich etwas vorgetragen hatte; denn auch viele der mitreisenden Politiker und Unternehmer hatten im Grunde keine Ahnung von den Inhalten, über die ich sprach. Es ging ihnen ja nicht um Kultur, den autonomen sittlichen Bildungsauftrag des Einzelnen im Sinne eines Weltbürgertums, es ging in erster Linie um Aufträge, Wachstum, Profit.
Wir Geisteswissenschaftler waren so etwas wie Weichzeichner des Geschehens, das sich viel deutlicher zeigte, als Daimler einen am Strand stehenden Mercedes mit dem Satz bewarb: *Schau dir eine Situation von allen Blickwinkeln aus an, und du wirst offener werden*, dann merkte, dass dies ein Zitat des Friedensnobelpreisträgers Dalai Lama ist, der für die

Unabhängigkeit Tibets kämpft, was man in Peking nicht gern sieht und Daimler auch unmissverständlich zu verstehen gab; woraufhin die Deutschen schnell ihren Kotau vor dem Regime machten, man habe natürlich die Souveränität und Integrität Chinas in keiner Weise in Frage stellen wollen, wie dumm und taktlos man gewesen sei, man ziehe die Werbung zurück und bitte vieltausendmal um Entschuldigung usw.« Sie trank ihr Glas in einem Zug aus, entwarf einen Leitartikel über die Menschen im Allgemeinen und die Bourgeoisie im Besonderen und schloss mit Fontane, der auch schon angemerkt habe, alle gäben vor, Ideale zu haben. Immerzu quasselten sie vom *Wahren, Schönen, Guten* und knieten doch nur vor dem goldenen Kalb, entweder indem sie tatsächlich alles, was Geld und Besitz heiße, anhimmelten, oder sich innerlich danach verzehrten. »Sie sprechen von Goethe und meinen ihr Geschäft.«

Basilius hielt ihr entgegen, dass man vielleicht zunächst versuchen sollte, den anderen zu verstehen. Auch Ben und Bodo hätten schließlich BWL studiert, entwickelten ständig eine neue Geschäfts*philosophie* oder feilten an der Unternehmens*kultur*.

»Ich bitte dich, Basilius, sei nicht kindisch, was ist daran Kultur? Ich erzähl dir eine Geschichte, die mich sehr berührt hat. Als ich nach einem meiner Vorträge in der Uni den Hörsaal verließ, drängte sich eine junge Frau, eine Studentin, denke ich, an meine Seite und summte die Melodie von *Die Gedanken sind frei*. Kurz bevor ich den Raum betrat, in dem die Pressekonferenz stattfinden sollte, wandte ich mich ihr zu und strich ihr über den Arm. Wir lächelten uns kurz an, sie verschwand in der Menge, und da sah ich, wie zwei junge Männer hinter ihr herhasteten. Ich muss seitdem oft an sie denken.«

»Wie ging das noch?«, fragte Basilius. *»Die Gedanken sind frei, wer kann sie erraten? ... Kein Mensch kann sie wissen, kein Jäger erschießen mit Pulver und Blei; die Gedanken sind frei ...* Ein schönes Volkslied, nicht wahr?«

»Ja, ja«, sagte Beatrice und schenkte sich Wein ein. »Nur heutzutage eine Illusion: *Kein Mensch kann sie wissen* ... China ist dabei, mithilfe von Big Data den Menschen bis in den letzten Winkel seines Gehirns zu durchleuchten, sein Verhalten zu registrieren und in einem digitalen Punktesystem zu bewerten, das dann letztlich über seine Teilnahme am Alltagsleben und über seinen Zugang zu gesellschaftlichen Ressourcen entscheidet. Denk dir, ich diskutierte mit einem chinesischen Dozenten darüber. Er lobte ihr System als die entscheidende pädagogische Innovation. Auf diese Weise werde *Der gute Mensch von Sezuan* Wirklichkeit. Er lästerte über unser System: 2000 Jahre hätten wir Abendländer mithilfe des Christentums versucht, den Menschen zu zähmen. Jungfrauengeburt, Auferstehung, ewiges Leben, Himmel und Hölle; nichts sei absurd genug gewesen, um mit Gewalt oder Hirngespinsten die Menschen zum Guten zu bekehren. Jetzt wendeten sie sich ab, lachten über das alte Buch und die schwarzbunten Männer und Frauen und gingen eigene Wege. Aber wohin die Freiheit des Einzelnen führe, könne man an jedem Graffiti, jeder verdreckten Innenstadt, an unseren Schulen, an Drogenkonsum und Pornografie sehen ...«

Beatrice verstummte. Ein sichtbares Zeichen, wie schlecht es um sie stand. Sie tat Basilius leid. Er stand auf und ging ein paar Schritte: »Ja, schon Crazy Horse hat vor 150 Jahren erkannt, dass die Indianer für ihren Individualismus einen hohen Preis bezahlen mussten. Das Fehlen jeglichen Zwangs, das Privileg, tun zu können, was man wollte, solange niemand dadurch zu Schaden kam, machten sie zu einem jämmerlich untüchtigen Volk, meinte er, unfähig zu einem geschlossenen militärischen Vorgehen.«

»Basilius«, grummelte Beatrice, »wir sind keine Sioux-Indianer!«

Er setzte sich. »Und unsere Kultur noch nicht ausgelöscht. Ich denke, wir leben im Land der untergehenden Sonne. Uns umfangen von jeher Melancholie, Zweifel, Grübelei. Aber könnte nicht gerade das die Quelle sein, aus der wir immer wieder Neues entwickelt haben? Und nicht nur wir. Denn die Studentin an deiner Seite summte auch diese Melodie. Und die Sehnsucht nach Gedankenfreiheit durchzieht doch die ganze Menschheitsgeschichte. Überall auf der Welt. Ist das nicht ein Trost?«

Beatrice sah ihn skeptisch an: »Versuchst du jetzt poetisch zu sein?«

»Nein, nein. Als ich vor ein paar Tagen im Wartezimmer meines Urologen saß und im *Radetzkymarsch* von Joseph Roth las, ab und zu aufschaute und mir die Elendsspiegelbilder alter Männer links und rechts anschaute, die da vor sich hin starrten und dämmerten, wie trostlos schien mir die Welt, da sprach mich plötzlich mein Nachbar an und fragte nach meiner Lektüre. Ich gab ihm Auskunft, soweit es Zeit und Ort zuließen. Und er erzählte mir daraufhin, dass er gerade von Thomas Mann den *Tod in Venedig* gelesen habe und viel über die Aktualität

31

dieses Buches nachdenke. Siehst du, das ist wieder die Melodie, die ich meine.«

»Ich weiß nicht«, sagte Beatrice, »ob das jetzt hier so hinpasst. Das scheint mir sehr weit hergeholt, und ermutigend klingt das auch nicht. Nimm es mir nicht übel, Crazy Horse, Joseph Roth und Thomas Mann, das sind wieder so Leidens- und Krankengeschichten mit tödlichem Ausgang. Du kommst davon nicht los.« Sie machte eine Pause und sah ihn an: »Du musst unter Leute. Immer nur Lotta, das geht nicht, *nomen est omen* passt hier nur zu gut. Und dein alter Schulfreund Bim ist auch nicht der Burner. Lass uns reingehen und noch ein wenig Mahlers *Fünfte* hören. Ein letztes Glas Wein, und mach dir um mich keine Sorgen. Wie sagte mir eine britische Kollegin, als wir auf dem Rückflug über den Niedergang des Westens sprachen: *Don't worry, my dear, we'll get back!*«

6

Wochen später.

Sonnentage ohne Ende. Heißzeit.

In den Gräben des Stadtwalds wucherte es grün.

Kaum Vogelstimmen.

Bedrückende Stille.

Basilius fühlte Dankbarkeit gegenüber den hohen Bäumen, die durchhielten und Schatten spendeten. An einigen Stellen hatten Wohlmeinende Schalen mit Wasser für die Tiere in freier Wildbahn aufgestellt.

Er sah ein Reh wie irr über die Bahngeleise stolpern.

Über dem Rasen der Sportanlagen, die von morgens bis abends bewässert wurden, spielten Schwalben.

Auf Leben und Tod, wie ihm schien.

Wieder zu Hause nahm er schon in der Diele einen fremden Geruch wahr. Lotta? Nein, die war in den letzten Tagen mit Sicherheit nicht hier gewesen. Kein fremdes Geräusch. Er stellte die Tasche ab, zog die Schuhe aus und ging durchs Haus. Erst unten, dann oben. Auf der Treppe sah er, dass die Tür zu Merets Zimmer offenstand. Er war sich sicher, sie das letzte Mal geschlossen zu haben.

Ruhig bleiben.

Einbrecher hätten das Haus schon fluchtartig verlassen oder sich auf ihn gestürzt oder … Vorsichtig sah er um die Ecke und – erschrak. Am Schreibtisch saß jemand. Mit dem Rücken zu ihm. Aufrecht. Nach Haar und Schultern zu urteilen eine Frau. Sie saß stumm da und sah offensichtlich nach draußen. Sein Herz jagte. Konnte es sein? Sah er jetzt schon Gespenster? »Meret?«, flüsterte er. »Bist du das?« Die Frau stand jetzt auf, drehte sich um, ging etwas scheu lächelnd langsam auf ihn zu und blieb stehen. Sie standen sich gegenüber. Eine ganze Weile. Dann trat er an sie heran, umarmte sie, drückte sie, nahm ihr Gesicht zwischen seine zitternden Hände: »Meret! Du bist da! Du bist wieder da! Gut siehst du aus. Eine junge Frau bist du geworden, aber natürlich. Sag etwas! Du siehst, mein Herz erhebt sich wie ein Falke in die Lüfte!«

Jetzt musste sie auch lachen: »Ach Dad, mehr Bauch, weniger Haare, aber sonst immer noch der alte Indianer?«

Ihre Stimme war rauer geworden. Aber ja, das war ihre Stimme. »Komm!«, sagte er. »Ich mach uns einen Kaffee und du erzählst. Du bist da. Ich muss gleich Beatrice eine Nachricht schicken. Sie wird aus dem Konferenzsaal rennen, springt ins nächste Taxi, Flugzeug oder was auch immer und ist …«

»Nein, warte, bitte«, sagte Meret, während sie nach unten in die Küche gingen. »Ich freu mich, dich getroffen zu haben. Eigentlich hatte ich nicht mit dir gerechnet. Laut Hotelbuchung seid ihr beide in Berlin.«

»Ja, ich bin nicht mitgefahren. Die Hitze. Nun gut, erzähl!«

Die Kaffeemaschine blubberte. Basilius holte Becher aus dem Schrank. Immer wieder berührte er sie, strich ihr über die Schulter, sah sich nicht satt an ihrem vollen, dunklen Haar, den braunen Augen …

»Es ist alles wieder mal so verdammt kompliziert. Ich bin gekommen, weil ich nachdenken wollte. *Back to the roots*, sozusagen.« Sie sprach leise, nuschelte, es war fast, als spräche sie mit sich selbst. »Genau. Der Notfallschlüssel lag immer noch da, wo er früher lag. Ich ging durchs Haus und fand mein Zimmer, wie ich

es verlassen hatte. Damit hatte ich nicht gerechnet. Mich traf der Schlag. Sogar das Bett war bezogen! Im Schrank die Kleider, Hosen von damals, dann die Bücher, Reclamhefte, Bilder an der Wand. Auf dem Schreibtisch das Tagebuch mit dem letzten Eintrag. Wie im Museum. Ich weiß nicht, wie lange ich da gesessen habe. Als ob die Zeit stehengeblieben wäre. – Aber das ist sie natürlich nicht. Ich bin nicht mehr die kleine Meret von damals, die Angst davor hatte, Eichendorffs Gedichte falsch zu interpretieren oder die Wirtschaftsprobleme Papua-Neuguineas nicht analysieren zu können. Ha! Die wollen auch nur leben. Überleben.«
Sie schien sich an was auch immer zu erinnern. Basilius hätte es zu gern gewusst.
»Mit welch naiver Neugier ich nach dem Abi die Welt entdecken wollte! *Wem Gott will rechte Gunst erweisen, den schickt er in die weite Welt ...* sang Ma mir vor! Himmel! Ich erspar dir die Einzelheiten. – Genau. Aber je weiter ich herumkam, desto enttäuschter war ich, frustrierter. Mich kotzte alles an. Und ich kotzte zurück. Und dann kam ich irgendwie unter die Räder, versäumte, mich zu melden, und irgendwann schämte ich mich, so zurückzukehren. Oder es war mir egal. Eines Tages traf ich Ben. Auf dem Bahnhofsvorplatz von Budapest. Piekfein in Schale. Hatte natürlich keinen Blick für das Gesocks, das da wie überall am Bahnhof herumsitzt, trinkt, bettelt und, und, und. Aber ich erkannte ihn, meinen großen Bruder, Ben, Benedikt XVII. Und weil ich schon ein wenig in Stimmung war, rief ich seinen Namen. Ha! Du hättest sein Gesicht sehen sollen. Ich ging zu ihm. Angewidert starrte er mich an. Nicht mit der Pinzette hätte der mich angefasst. Aber er

erkannte mich. – Ich erspar dir die Einzelheiten. Genau. Er päppelte mich auf. Ich fing an ihn zu bewundern. Wie strukturiert, souverän er war! Ein cooler Typ. Er überzeugte mich, dass es besser sei, fürs Erste euer Bild von der Welt nicht noch mehr zu erschüttern. Im Übrigen hättet ihr mich sowieso abgeschrieben. ›Das Wackelkabinett lassen wir erst einmal in Ruhe‹, meinte er.«

Basilius dachte an das Gespräch zwischen den Brüdern, Weihnachten. Warum hatte er Beatrice noch nichts davon erzählt? Weil er es so traurig fand. Vielleicht.

»Stattdessen«, Merets Stimme klang jetzt fester, »langsame Heimkehr in die Realität. Die folgendermaßen aussieht: In einer Welt, die dem Chaos entgegentreibt, Erderhitzung, Bevölkerungsexplosion, Flüchtlingsströme und, und, und setzen sich die Stärksten durch. Deswegen müssen Waffen sein.«

Sie machte eine Pause, stand auf, nippte an ihrem Kaffee.

Basilius versuchte jedes Wort zu erfassen, zu begreifen, in eine Bilderfolge umzusetzen und spürte doch nur das bodenlos Fremde. »Und dann?«, fragte er und schämte sich im selben Moment. So fragen Kinder, dachte er.

»Ich erspar dir die Einzelheiten. – Genau. Sonderauftrag vom großen Benedikt persönlich: Es gibt Menschen, die dies nicht einsehen wollen, als Gutmenschen auftreten, vom Frieden ohne Waffen bla, bla und blupp reden und schreiben und stören. Nur Verwirrung stiften und damit das Überleben unserer Gesellschaft aufs Spiel setzen. Wie zum Beispiel der Journalist, der sich an die dänische

Ostseeküste zurückgezogen hat, um sein Buch über den weltweiten Waffenhandel zu Ende zu schreiben: ›Meret, was weiß er, welche Beweise hat er, welche Kontakte, wo gibt es undichte Stellen auch bei uns im Konzern? Finde das heraus!‹«

Sie schwieg.

»Und nun?«, fragte Basilius ungeduldig.

»Nun«, begann sie, etwas leiser, »nun bin ich schwanger.«

Basilius schluckte: »Freust du dich?«

»Ich glaub schon.«

»Liebst du ihn?«

»Ich weiß nicht. So lange kennen wir uns noch nicht.«

»Komm!«, sagte er. »Lass uns ans Wasser gehen. Mir wird es hier zu eng. Da ist es kühl.«

So war es. Es tat ihm gut, auf der kleinen Bank vor dem Pavillon zu sitzen und in die still dahinfließende Schwale zu schauen.

»Es war Anfang März«, begann Meret, »als ich über einen rumpeligen Sandweg meine abgelegene Sommerhütte nah am Wasser erreichte. Nichts Aufwendiges, aber sauber, rostrot gestrichen, Strom, Wasser, zwei Zimmer, Küche, Bad. Ein paar Meter runter zum steinigen Strand, ruhige See, rundherum Felder, Knicks. In einiger Entfernung, oben auf der Steilküste hinter einem Heckenwall unter hohen Eschen, das reetgedeckte Haus, in dem er wohnt und arbeitet. Ben hatte mir Lageplan und Personenbeschreibung mitgegeben. Nachdem ich meine Sachen eingeräumt hatte, ging ich ans Wasser. Kein Wind. Der Blick über die See, in den grenzenlosen Himmel, über die Felder. So friedlich! Wie absurd mir plötzlich dieser Auftrag vorkam! Nach dem Abendbrot ging ich früh ins Bett und wachte erst spät am nächsten

Morgen auf. Ich spürte, dass die Ruhe der Hütte, die Abgeschiedenheit, die Weite mir guttaten. Ich nahm mir vor, jeden Tag zu genießen und nicht an ein Morgen zu denken. Offizielle Begründung dem Bauern gegenüber, bei dem die Hütte langfristig gemietet war: Erfolgversprechende Kinderbuchautorin soll Zeit für ihr nächstes Buch haben. Das nahm ich ernst, darauf freute ich mich. Ich rückte den Küchentisch ans Fenster, damit ich einen guten Ausblick hatte, nahm Block und Bleistift und begann Ideen zu sammeln, Personen, Situationen. Unzähligen Kindern war ich auf meiner Fahrt durch die Welt begegnet: Woran erinnerte ich mich? Welche Bilder waren im Kopf geblieben? Zugleich drängte sich die eigene Kindheit auf. Gegenwelten. Natürlich. Aber tiefer bohren. Recherchieren. Auch Bücher hatte ich dabei.«

»Auf den Spuren deiner Mutter also«, sagte Basilius.

»Vielleicht auch das. Dazwischen ging ich am Strand spazieren, erkundete mit dem Fahrrad die Gegend, bekam ein Gefühl für das Leben dort: die Bauern auf den Feldern, Angler, Fischer, die ersten Segler. Selten kam jemand an der Hütte vorbei. Auf einem meiner Ausflüge änderte sich das Wetter viel schneller, als ich es erwartet hatte. Schwarze Wolken, aufgewühlte See, die ersten dicken Regentropfen. Ich suchte Schutz unter einem der hohen Bäume in der Nähe des reetgedeckten Hauses. Eine Katze schlich um meine Beine, lief dann zur Tür, kratzte, er öffnete, sah mich und winkte mich heran: »Gleich schüttet es. Komm!« Kurz darauf prasselte es gegen die Scheiben. So lernten wir uns kennen. Die Beschreibung, die ich bekommen hatte, passte: sportlicher Typ, Anfang 50, wirkt jünger, kurz geschnittenes Haar, blaue Augen.

Michael heißt er. Bei gutem Wetter setzt er sich zum Schreiben nach draußen und hatte mich schon oft da unten gesehen. Er ist der Erste, der mich fragte, warum ich einen so ungewöhnlichen Namen bekommen hätte. Ich wusste es nicht. Denk dir, ich hatte mir noch nie Gedanken darüber gemacht, warum die Namen aller anderen aus der Familie mit B anfangen und ich Meret heiße. So viel wusste ich also über mich.« Sie lachte. »Er machte uns einen Kaffee, ich fragte ihn nach seiner Arbeit, später lud er mich für den nächsten Abend zum Essen ein. Er würde uns was kochen.«

»Und jetzt bist du schwanger«, schmunzelte Basilius.

»Erspar mir die Einzelheiten. Und dein …«, er zögerte, »Auftrag?«

»Schwer zu sagen. Er hat ungefähr 500 Seiten fertig. Schreibt immer wieder die Einleitung neu, weil die seiner Ansicht nach die Leute ins Buch ziehen muss. Kurzfassungen hat er schon an ein paar Verlage geschickt, auch an eine Agentur. Bisher hat niemand angebissen. Eine Rückmeldung: ›Zu brisant!‹ Es sieht also so aus, als sei er fast fertig, aber er bezieht immer mehr Bereiche ein, von der Rüstung über Klima, Bildung, Wirtschaft, Energie. Ich glaube nicht, dass er etwas weiß, was wir alle nicht wissen könnten.«

Basilius nahm ihre Hand: »Ist das nicht der Satz, den du Ben sagen könntest: ›Ich glaube nicht, dass er etwas weiß, was wir alle nicht wissen könnten‹!? Und dann ist gut.«

»Ich hab ihm das gesagt. Aber er ist misstrauisch. Er hat Anhaltspunkte, dass zumindest zwei seiner Angestellten Michael regelmäßig kontaktieren.«

»Weiß Michael von deinem Auftrag?«

»Nein.«

»Sag es ihm. Sag es ihm!«

»Er glaubt an das Gute im Menschen. Er glaubt, dass Menschen vernünftig handeln können. Er glaubt, dass die Menschen, wenn sie sein Buch gelesen haben, den Irrwitz der hohen Rüstungsausgaben begreifen, seine Lösungsvorschläge übernehmen und das Paradies auf Erden schaffen.« Sie stand auf: »Ich habe Angst, ihn zu verletzen und zu verlieren, wenn er erkennen muss, dass ich ihn hintergangen habe.«

»Weiß er, dass du schwanger bist?«

Sie schüttelte den Kopf.

»Sag ihm alles. Sag ihm die Wahrheit.«

»Vielleicht.« Sie stand auf. »Erst einmal hab ich Hunger.«

Sie schlenderten ein wenig durch die Stadt. Mühlenhof, Kleinflecken, am Teich entlang. Meret sah das neue Einkaufscenter, die Holstengalerie, und blieb stehen: »*Die Traumwäscherei ...* Vorhin, in meinem alten Zimmer, fand ich mein Gedichte-Heft. In der 5. und 6. Klasse mussten wir alle Gedichte, die wir im Unterricht besprochen und zum Teil auswendig gelernt hatten, in unserer besten *Sonntag-nachmittagsausgehschrift* dort hineinschreiben. Ich hab es bis zum Abitur gemacht. In den letzten Jahren waren es allerdings Kopien. Ich stelle mir gerade vor, dass dort an der Wand des Einkaufscenters in großen Leuchtbuchstaben Ingeborg Bachmanns *Reklame* steht. Kennst du es? Es geht um die *Traumwäscherei ohne sorge sei ohne sorge*, deren Musik und aufgesetzte Heiterkeit am Ende verstummen auf die beharrlich vorgetragene Frage:

Wohin aber gehen wir / wenn es dunkel und wenn es kalt wird / aber / was sollen wir tun / und denken / angesichts eines Endes / und wohin tragen wir / unsre Fragen und den Schauer aller Jahre / was aber geschieht / wenn Totenstille / eintritt.

Sie gingen weiter. »Die Stadt hat sich in den letzten Jahren verändert«, sagte Basilius nachdenklich. »Sie verändert sich ständig. Ich habe Falladas *Bauern, Bonzen und Bomben* gerade noch einmal gelesen. Andere Zeiten. Rund 90 Jahre her. Da kommt diese Stadt ziemlich schlecht weg. Nichts Helles, Schönes, nicht der Hauch eines Zaubers, eines Geheimnisses, eines Rätsels, kaum ansatzweise das Bemühen auch nur eines Menschen, mit dem Leben auch hin und wieder in einer für ihn selbst und andere verträglichen Weise zurechtzukommen. Ob es damals so war, weiß ich nicht. Heute ist das jedenfalls anders.«

»Und wie?« fragte Meret. »Du bist in der Praxis mit so vielen Menschen zusammengekommen, hast sie gefragt, was ihnen fehlt, was du für sie tun kannst. Du musst das Leben in dieser Stadt doch kennen.«

»Je mehr Menschen ich kennengelernt habe, und es sind ja immer nur Momente gewesen, Ausschnitte ihres Lebens, und selten die glücklichsten, desto vorsichtiger bin ich geworden, menschliches Leben zu beurteilen, dem ersten Eindruck zu vertrauen. Jeder eine Welt für sich«, sagte er und wiederholte den Satz sogar noch, wobei er nach »Welt« eine kleine Pause machte. »Und so viele guten Willens«, fügte er hinzu.

Sie landeten im *Baveran.* An diesem Tag die einzigen Gäste, was sie genossen. Wie das Essen. Wie ihr Wiedersehen, ihre Vertrautheit:

»Warum also *Meret*?«, fragte sie.

Basilius lachte: »Du bist aus dem *Grünen Heinrich* von Gottfried Keller. Beatrice machte damals ein Seminar zu Bildungs- und Entwicklungsromanen. Sie wurde schwanger. Wir freuten uns wahnsinnig auf dich, und weil sie so berührt war von der Geschichte der Meret, stand für uns der Name schnell fest. Meret zeigt eine tiefe Abneigung gegen Gebet und Gottesdienst, zerreißt Bücher mit Kirchenliedern, kriecht unter die Decke, wenn vorgebetet wird und schreit in der Kirche. Die Eltern übergeben ihr Kind einem strenggläubigen Pfarrer, der es als Hexe einsperrt, peitscht, hungern lässt, immer im ausdrücklichen Einverständnis mit den Eltern. Und dass Meret mit den Tieren draußen im Wald vertrauten Umgang hat, selbst mit der giftigen Schlange, auch mit einfachen Leuten aus dem Dorf, verschlimmert nur seinen Argwohn. Die arme Meret stirbt. Für uns war sie mehr Heilige als Hexe, deine Namensgebung fast so etwas wie eine späte Wiedergutmachung.«

»Um nicht zu sagen Auferstehung«, kicherte Meret.

»Wenn du willst. Und witzig: Wie du mag sie gerne Erdbeeren. Wilde Walderdbeeren.«

Sie begannen Erinnerungen auszutauschen. Meret erzählte viel, er fragte nach. Als er sie auf eine Narbe ansprach, die sich über ihren linken Handrücken zog, wurde sie plötzlich ernst: »Eine lange Geschichte.« Sie betrachtete die Narbe, strich mit der anderen Hand darüber und fing wieder an zu lachen: »Kannst du das noch?« Sie schlug erst mit der Handkante, dann mit dem Daumen, Mittel- und Ringfinger, dann Zeige- und kleinem Finger, in rascher Folge immer schneller, mit einer Hand, mit beiden Händen auf den Tisch. »Als Ben mit mir zum ersten Mal wieder an einem

Tisch saß, machte er es plötzlich und rief: »Bist du meine Schwester? Dann los!«

Auf dem Rückweg kamen sie an der Vicelinkirche vorbei. Meret blieb stehen und sah die leeren Mauern. »Wir müssen die Gedichte in die Städte tragen«, sagte sie. »Dort an der Kirchenwand könnte in großen Buchstaben Eichendorffs *Mondnacht* stehen:

Es war, als hätt der Himmel / Die Erde still geküsst, / Dass sie im Blütenschimmer / Von ihm nun träumen müsst. / Die Luft ging durch die Felder, / Die Ähren wogten sacht, / Es rauschten leis die Wälder, / So sternklar war die Nacht. / Und meine Seele spannte / Weit ihre Flügel aus, / Flog durch die stillen Lande, / Als flöge sie nach Haus.

Wie findest du das? Die frohe Botschaft als Möglichkeit, unwirklich, aber wünschbar. Und sprachlich wie inhaltlich traumhaft schön, wenn du es mit der Bibel vergleichst: *Am Anfang schuf Gott Himmel und Erde. Und die Erde war wüst und leer, und es war finster auf der Tiefe; und der Geist Gottes schwebte auf dem Wasser.* Das ist doch depri, schwarz, Gothic. Was ich in diesen letzten Jahren auch gelernt habe: Gedichte können ein Stück Heimat sein.«

Basilius schwieg. Er konnte sich an kein Gedicht aus Schülertagen erinnern. Er las Romane.

»Was macht Ma eigentlich in Berlin?«, fragte sie, als sie wieder zu Hause waren.

»Sie hat die Leitung eines Projekts. ALD hat sie es genannt.«

»Was? Diese neue rechte Partei?«

»Nein, nicht AfD. ALD ist die Abkürzung für *Arbeiten, Lieben, Denken.* Die drei Konfliktlinien zwischen den Generationen. Ein geschichtlicher Rückblick. Es geht darum, dass in der Literatur immer wieder beschrieben wird, wie Eltern sich mit ihren Kindern an diesen Fragen reiben: Welche Arbeit? Welcher Beruf? Wen lieben, heiraten? Was denken? Siehe Meret.«

»Weia. Na, dann gute Nacht. Ich bin gespannt, wie ich in meinem alten Bett schlafe.«

Als sie am nächsten Morgen nach unten kam, hatte Basilius schon Brötchen geholt, einen Becher mit Kaffee in der Hand und den Tisch gedeckt. Es war fast ein wenig wie früher.

Meret wollte Michael alles, wirklich alles erzählen, und dann würden Beatrice und er sie bald besuchen. Alles würde gut werden. Irgendwie.

Sie reiste ab. Von unterwegs kam ein »Danke«, dann gegen Abend eine Nachricht: »Stell dir vor, als ich ankam, schlich die Katze klagend um die Hütte. Sein Haus ist abgeschlossen. Ich erreiche ihn nicht. Er meldet sich nicht. Der Vermieter erzählte, Micha habe panikartig gekündigt, seinen Wagen beladen und sei abgereist. Ich habe Ben angerufen. Der geht davon aus, dass die, die er in Verdacht hatte, Michael gewarnt haben. Nur denen hat er von meinem Auftrag erzählt. Sie müssen es gewesen sein. Wo er hingefahren ist, wisse er nicht, aber das bekomme er heraus. Auf meinen Hinweis, ich sei schwanger, nannte er mir einen Arzt.« Am nächsten Morgen folgte: »Ich habe eine Idee. Melde mich, Meret!«

Basilius, der Beatrice die Nachricht geschrieben hatte, er habe eine große Überraschung für sie, wenn sie heimkomme, war einigermaßen verwirrt; und als sie dann da war und er ihr alles erzählt hatte, in allen Einzelheiten, sah sie ihn lange an: »Basilius, bist du dir sicher, wirklich sicher, dass du das erlebt hast, dass Meret hier saß, wie ich jetzt hier sitze?«

Sie rief Ben an, der ihr bestätigte, ja, er habe sie gefunden und an die Ostseeküste geschickt. Zur Erholung! Auftrag? Quatsch! »Die meldet sich.« Oder er finde sie. »*Keep cool!*« Wenig später ein weiterer Anruf. Meret habe Geld abgehoben, das gesamte Konto leergeräumt. Ihr iPhone tot. »Er tobt«, sagte Beatrice nach dem Gespräch ganz ruhig. »Ich wusste gar nicht, dass er solche Wörter kennt, mit denen er sie belegt.«

Sie stand auf, nahm ihre Reisetasche und ging nach oben. Basilius sah ihr nach. Wie müde und erschöpft sie wirkte.

7

Goldener Oktober.
Am Himmel Schwärme von Staren, schwarze Sonnen.
Der Ruf der Zugvögel.

Meret hatte sich nicht gemeldet, Beatrice immer wieder nachgehakt, wie alles gewesen war, bis sie erkennen musste, je intensiver sie ihn fragte, desto widersprüchlicher wurden seine Erinnerungen, sodass er schließlich selbst an vielem zweifelte, ja, an sich selbst *ver*zweifelte. »Nimm's nicht so schwer«, tröstete sie ihn, »leben ist wie schreiben ohne Radiergummi, aber das Leben ist eben doch kein Buch, in dem du zurückblättern und alles noch einmal nachlesen kannst.«
Was ihm blieb, war, dass er ihr Bild, ihre Stimme, ihre Bewegungen jederzeit aufrufen konnte, verbunden mit einem Gefühl von Wärme und Nähe.

Ben, Bodo und die Schwiegertöchter kamen nie – »Die Entfernung und das Hamsterrad, ihr versteht das sicher« –, die Zwillinge seltener. Baldur und Boris machten mit ihren Clownereien als BBBrothers auf Youtube Karriere, sammelten Follower. Basilius war einer. Selbst das Kultusministerium hatte schon angefragt, ob sie nicht motivierende Lerntipps spielerisch umsetzen könnten. Lediglich die Vertrags-verhandlungen erwiesen sich als schwierig. Sie wehrten sich gegen Vorgaben.

Allein Dominique kam häufiger. Basilius freute sich.
Sie unternahmen den Versuch, zu Fuß die Schwale bis zur Quelle zu erkunden, trafen sich im Café mit Bim,

der anhand des Vornamens des Jungen eine Einführung in die lateinische Sprache gab, von *domus* über *dominus* zu *dominicus*, von *Veronika, der Lenz ist da* zum *Osterspaziergang* im *Faust* kam, sicher begann mit *Vom Eise befreit sind Strom und Bäche / Durch des Frühlings holden, belebenden Blick*, dann aber strauchelte, stotterte, *Überall regt sich Bildung und Streben* noch hinbekam und von Basilius mit beiläufigen Fragen erlöst werden musste.

»Lehrer Lämpel«, seufzte Dominique nach dem Treffen. »Ich habe nichts verstanden.«

An einem windigen Regentag gingen sie nachmittags ins Kino. Der Film handelte von ein paar Indianerfamilien, die den Jahreszeiten, Naturgewalten und einem sie bedrängenden Stamm am Rande der unendlich weiten Prärie ausgesetzt sind; die eines Morgens feststellen müssen, dass ihnen Vorräte, Felle und vor allem ein kleines Mädchen gestohlen worden sind; die weiterziehen und eine Herde wilder Pferde entdecken, gescheckte Ponys, weiße Flecken auf Braun oder braune Flecken auf Weiß, große Köpfe, dünne Beine, Tiere, die sie nicht kennen; die einige jagen, töten und essen wollen, wovon sie aber ein junger Krieger abhalten kann, weil ihn besonders ein Tier fasziniert, sodass er es immer wieder beobachtet, ihm folgt, sich ihm schließlich nähert und sich Vertrauen, ja, eine Freundschaft zwischen ihm und dem Tier entwickelt und er es zähmen, reiten kann. Wunderschöne Bilder, Rausch der Freiheit, der Macht, die Prärie erobern, Büffel verfolgen, sicherer leben zu können. Mit dem Pferd macht er sich Jahre später auf die Suche nach dem gestohlenen Mädchen, findet es abseits des Stammes, Beeren pflückend; dann das Wiedererkennen über die Sprache, gemeinsame Flucht. Und am Ende ist alles gut. In der letzten Einstellung erblicken Reiter und Pferd in der Ferne einen alten Mann, der von den schneebedeckten Bergen durch die hügelige Graslandschaft auf sie zu stapft. Der Mann trägt Hemd und Hose aus schmutzig verwaschenem Leder, einen Bart, im Gürtel ein Messer, über der rechten Schulter eine Flinte. Er nähert sich furchtlos dem Indianer.

»War das so?«, fragte Dominique, als sie nach Hause gingen.

»Ich weiß es nicht«, sagte Basilius. »Aber so könnte es natürlich gewesen sein. Diese Augenblicke der Einheit zwischen Pferd und Mensch inmitten einer unberührten Natur, dieses Glück muss es ja gegeben haben, bevor es kurz darauf schon wieder bedroht wird von diesem bleichen, fremden, kuriosen Männlein. «

Bei gutem Wetter saßen sie am liebsten im Pavillon. Und während Basilius sich dann von einem Buch in andere Zeiten, Räume, Lebensgeschichten tragen ließ, malte Dominique vor sich hin. Meist waren es am Ende Aquarelle in Blau-, Grau-, Grün- oder Rottönen, mit dickem Pinsel und viel Farbe fast konturenlos hingetuscht. Angeregt durch das Gelesene, erfand Basilius dann bei Kaffee und Kuchen Geschichten, aus denen sie sich Titel für die Bilder ausdachten: *Spuren*, *Träume*, *Liebe*, *Schattenspiele*.

Bevor Dominique wieder abreiste, fragte ihn Basilius, ob er ihm ein paar Bilder schenken könne, er würde sie gern gerahmt und unter Glas in seinem Arbeitszimmer aufhängen.

Dominique überlegte lange: »Weißt du, Opa, die Bilder bedeuten mir viel. Ich weiß auch nicht, ob sie nicht einmal wichtig sein könnten, wenn es um meine künstlerische Entwicklung geht.«

»Und wenn ich dir ein paar Bilder abkaufe?«, witzelte Basilius, aber Dominique stand auf und sagte: »Tut mir leid, sie sind unverkäuflich, vorerst jedenfalls.«

Tage später auf einsamen Wegen durch den Stadtwald ein letztes warmes Leuchten der Blätter.

Indian Summer.

Sein Blick verfing sich in der Tiefe des Waldes.

8

»Ich kann das nicht essen.«
Beatrice starrte schon eine Minute auf ihr Bœuf
Diane. Sie trank einen Schluck Weißwein und sah
Basilius an.»Du hast es gut gemeint. Danke. Aber ich
kann nicht.« Sie zögerte.»Die Diagnose weiß ich
selbst. Du brauchst mich gar nicht so fragend
anzusehen. Aber iss du doch, bitte! Was sollen die
Leute …« Sie lachte.»Was für einen Blödsinn rede
ich jetzt! Shit!« Sie atmete tief durch.»Mein Fall,
Herr Doktor, ist in Kürze dieser: Ich bin aus der Zeit
gefallen. An der Uni hab ich mein Projekt für die
nächsten Semester vorgestellt: *Denken, sprechen,
zuhören, schreiben, lesen oder: Wie alles begann und
immer wieder beginnt. Das Finden der Sprache.* Die
langwierige Sprachentwicklung ist es doch, die uns
vom Tier unterscheidet. Immer wieder grenzt es für
mich an ein Wunder, dass auch Kant oder Thomas
Mann mit vier oder fünf Monaten nicht mehr als ihren
Namen und Mama und Papa in dem sie umgebenden
Sprachgewirr identifizieren konnten. Nur: Sie
schrieben später die *Kritik der reinen Vernunft* oder
den *Zauberberg*, und andere kennen auch nach
20 Jahren noch nicht viel mehr als Mama, Papa und
ihren eigenen Namen. Da gibt es noch eine Fülle
offener Fragen. Und unser aller Ziel muss doch sein,
dass möglichst viele von der Sprache, vom Verstehen,
von der Teilnahme am Gespräch im öffentlichen
Raum der Komplexität unserer gegenwärtigen
Situation gerecht werden. Als ich mit meiner
Präsentation durch war, allgemeines Schweigen. Dann
der große Vorsitzende: ›Meine liebe Bea, du weißt,
wir schätzen dich, wie viele Jahre …, Grundlagen-

forschung ...‹ bla und blupp. Ich erspar dir die Einzelheiten. Digitalisierung sei angesagt. Das sei das Thema. Punkt. ›Überleg dir was!‹ Was er damit meinte, war: Friss, Vogel, oder stirb. Oder scher dich zum Teufel. Ich konnte kein Wort mehr herausbekommen. Ich hatte keine Kraft mehr, einfach keine Kraft mehr. Richtig schlimm wurde es nach der Sitzung. Wie sie alle lachten, miteinander quatschten, sich auf das neue Semester freuten, aber offensichtlich das Gespräch mit mir mieden. Nur ein ganz junger Assistent begleitete mich, als ich aus meinem Zimmer die Sachen holen wollte. Er ist vor kurzem aus den USA für zwei Semester zu uns gekommen. Er sagte, er solle meine Veranstaltungen für Erstsemester übernehmen. Ob wir uns mal irgendwann darüber unterhalten könnten, er habe noch nicht so viel Erfahrung. Er muss meine Verwirrung bemerkt haben, denn er fügte schnell hinzu, dass meine Präsentation des neuen Themas ihm gut gefallen habe.

Du weißt, was mir gerade der Kontakt mit den Anfängern bedeutet. Ich sah ihn lange an. ›Sicher, sicher‹, murmelte ich schließlich und ging ans Fenster. Lichter in der Dunkelheit. Wie sonst auch. Erleuchtete Büros, Wohnungen, Straßenlaternen, einzelne Autos. Wenig Menschen. Wie sonst auch. Was hatte ich erwartet? Er kam ein paar Schritte auf mich zu und fragte irgendetwas. ›Sicher, sicher‹, wiederholte ich und flüsterte:

Ich dachte, dass ich unverletzbar sei,

schämte mich dann fast ein wenig und erklärte ihm, dass dies die erste Zeile eines Gedichts der blutjungen Sylvia Plath sei, mit der ich mein Proseminar einleite, vielmehr stets einleitete, um zu zeigen, wie verwundbar die Seele eines Menschen sein kann; denn der Anlass für dieses todtraurige Gedicht ist zunächst – von außen betrachtet – belanglos.

›Sylvia wer?‹, fragte er. ›P-L-A-T-H‹, buchstabierte ich auf Englisch. Und als es bei ihm immer noch nicht klickerte, ging ich mit einem ›Forget it!‹ hinaus und ließ ihn stehen.«

Sie schenkte sich Wein ein.

»Ja, das ist bitter«, sagte Basilius. »Jemand, der aus den Staaten kommt und Sylvia Plath nicht kennt. Aber zu dem anderen: Deswegen bist du doch nicht aus der Zeit gefallen. Nimm dein Thema und füge hinzu *in Zeiten der Digitalisierung* oder *im Hinblick auf eine künstliche Intelligenz*. Dies alles ist dir ja nicht fremd. Fertig.«

Beatrice sah ihn eine Weile wie ungläubig an. Mit einer Mischung aus Spott und Ironie sagte sie schließlich: »Danke für das Rezept, Herr Doktor, jetzt geht es mir schon viel besser.« Sie trank einen Schluck. »Oder denk an den Parteitag vorgestern. Nach den Wahlniederlagen der letzten Zeit, den deprimierenden Umfragewerten sollte er ein Signal des Aufbruchs sein. Zunächst die üblichen Beiträge zur Aufrechterhaltung einer Welt des Wachstums, des Wohlstands, des Wattebäuschchens auf Kosten von Nichtgenannt nach dem Motto *Hier können Sie aufblasbare Steinzelte gewinnen*, das müsse nur überzeugender rübergebracht werden. Dann durfte ich meine Rede zur Bildungspolitik halten. Du kennst meine Vorstellungen und weißt, dass ich immer mit dem kategorischen Imperativ von Hans Jonas beginne. Dieses Mal schloss ich aber so: Bildung für alle koste viel Geld, aber Geld sei genug da, Vermögen über

10 Millionen könnten eingezogen werden, mehr brauche kein Mensch, Einführung einer CO_2-, Finanztransaktions- und Digitalsteuer, gleiche Steuern für Unternehmen mindestens in der EU. Reaktion? Schweigen. Höflicher, schnell endender Beifall. Jemand rief ›Nächste Kreuzung links abbiegen, Bea‹. Ein anderer mit gewollt blutrünstigem Unterton: ›Ja! Hängt die Aristokraten an die Laternen!‹ Einige lachten.

Wie ich nach Hause gekommen bin, weiß ich nicht. Jetzt komm mir nicht mit Camus und *Wir müssen uns Sisyphos als einen glücklichen Menschen vorstellen.* Ich weiß nicht, wie es Sisyphos mit seinem Stein geht, ich weiß nur, dass ich nicht glücklich bin. Punkt.«

Sie hatte zum Schluss immer lauter gesprochen. An den Tischen nebenan verstummte das Gespräch. Die Barmusik brauchte lange, ihre Worte mit einem Klangteppich überdecken zu können.

Basilius sah, wie müde und alle sie war. Er hatte zu lange in Gesichter gesehen, um nicht zu erkennen, dass ihre Seele litt. Sie tat ihm leid. »Übrigens«, er versuchte so normal wie möglich zu sprechen, »der NDR hat angerufen. Großes Thema im Moment die Bedeutung der Gene für den Lebensweg eines Menschen. Man möchte ein Interview mit dir, was die neuen Erkenntnisse für die Pädagogik bedeuten. Du siehst, man braucht dich, du hast immer noch einen Namen.«

Sie nahm ihre Jacke, die sie neben sich gelegt hatte. »Erinnerst du noch, damals, vor 100 Jahren oder mehr, das Buch von Alice Miller, *Am Anfang war Erziehung*? Jetzt also wieder anders. Na schön, schaun wir uns mal die Gene genauer an. Ich möchte nach Hause. Das Essen lassen wir uns einpacken.«

Feuchtkalter Abend, der Großflecken im trüben Licht, fast menschenleer. Auf der kleinen Brücke, die vom Waschpohl zur Vicelinkirche führt, blieben sie stehen. »Nein, Basilius«, begann Beatrice, und er hatte Mühe sie zu verstehen, so leise sprach sie, »ich bin draußen. Auf dem Parteitag begegnete ich auf dem Weg zur Garderobe Kessy. Wenn ich an verantwortungsvollen Journalismus denke, denke ich zunächst an sie. Meine Güte, so manche Schlacht haben wir geschlagen, halbe Nächte durchdiskutiert. Sie stand da, etwas abseits, mit einem Glas Sekt oder Champagner oder was weiß ich in der Hand. ›Weißt du‹, sagte ich ihr, ›mir ist in den letzten Tagen deutlich geworden, worin allein die Grundlage liegen kann für eine Erneuerung unserer Gesellschaft.‹ Sie trank einen Schluck. ›Nichts mit *Glasperlenspiel*‹, witzelte ich, ich weiß ja, wie sie solche Anspielungen mag, das reiche tiefer, viel tiefer. Ich machte eine Pause. Und in diese Pause hinein sagte sie sehr bestimmt und ruhig: ›Das interessiert mich nicht, Bea. Das interessiert mich wirklich nicht.‹ In dem Moment hörten wir ganz in der Nähe jemanden sagen: ›Und in einer Woche haben wir alle einen Tag frei!‹ Worauf prompt die Bemerkung kam: ›Was, ist Halloween jetzt Feiertag?‹ Gewaltiges Gelächter. Kessy ging an den Tisch mit den Großköpfigen, warf ihnen ein ›Na, Jungs, ihr seid ja gut drauf!‹ zu und ließ mich stehen. Kannst du dir vorstellen, wie mir zumute war?«
Basilius legte einen Arm um ihre Schulter und drückte sie ein wenig an sich.
»*Panta rhei, alles fließt*«, sagte sie wie zu sich selbst. »Dieses Wasser hier, die Zeit, unser Leben. Wir sind ständig unterwegs. Und so vieles verändert sich. Im Großen wie im Kleinen. Aber im Moment spüre ich

einen Bruch. Es bricht etwas weg. Was genau und warum? Ich versuche gegen den Strom zu denken, auf der Suche nach dem Ursprung dieses Gefühls, der Quelle der Brüchigkeit meines Lebens. Denn ich weiß, wir sind unsere Vergangenheit.« Sie dachte dem wohl nach: »Ach, wie platt sich das anhört. Wir!? Ich. Du. Deutschland. Europa. Bravo, Frau Professorin! Auch schon mitgekriegt, dass momentan einiges den Bach runter geht.«

»Aber ist in dir nicht auch ganz viel Gegenwart?«, fragte Basilius. »Und sogar Zukunft? Kann es sein«, seine Stimme zitterte ein wenig, »kann es sein, dass du nicht *aus* der Zeit, sondern *in* die Zeit gefallen bist, in deine eigene Zeit, gefallen in den Strom deines eigenen Lebens?«

Er wunderte sich, dass sie nicht sofort etwas darauf erwiderte. Schon im nächsten Moment schien ihm sein Bild nicht so ganz passend gewesen zu sein; denn wie kann man in etwas fallen, in dem man sich befindet? Sie gingen weiter. Ganz langsam. Links trug Basilius die Tüte mit dem Essen, mit der rechten Hand fasste er Beatrice an. Sie ließ es zu. Er schwenkelte ein wenig mit der Tüte.

Im Haus war es dunkel und kalt. Er nahm ihr den Mantel ab. Sie stand unschlüssig da. Als ob sie nicht wisse, wohin. Er scheute sich, das große Licht anzumachen. Sie ging ein paar Schritte. Ihre Gestalt erschien ihm wie ein Schatten, der sich im Dunkeln aufzulösen begann. Er stellte die Tüte mit dem Essen auf den Tisch, zog die Schuhe aus, führte sie zu ihrem Lesesessel im Erker, in den etwas Licht von der Gartenlaterne fiel, und breitete die Decke über ihre

Beine. »Ich kümmere mich mal um die Heizung«, sagte er.

Als er aus dem Keller kam, rief er schon von weitem: »Ich fürchte, sie ist kaputt. Ich mach den Kamin an. Möchtest du etwas haben?«

Sie saß, nein, fast lag sie in ihrem Sessel, hatte sich die Schuhe ausgezogen und soweit zugedeckt, dass nur noch der Kopf herausguckte. »Im Moment nicht, danke. Mach bitte ein paar Kerzen an und setz dich zu mir.«

Basilius erschrak, als er den großen fünfarmigen Leuchter in der Nähe aufgestellt hatte und ihr ins Gesicht sah. Sie schien ihm um Jahre gealtert. Er holte sich ein Glas Wein und setzte sich. Die Wärme des Kaminfeuers war schon zu spüren, das Holz knackte ein wenig, ansonsten war es still.

»Du magst recht haben«, begann sie nach einer Weile. »In meinem Kopf kreisen unaufhörlich Gedanken, Bilder. Zum Beispiel das Foto von meiner Mutter und mir, als ich acht war. Kurz danach ging sie. Sie sehr ernst. Auf dem Schoß eine weiße Rose. Ich beuge mich zu ihr, als suchte ich ihre Nähe. Die ferne Mutter. Dann die Bilder von Meret, die sich in die unselige Show letzten Weihnachten eingeschlichen haben. Versehen oder Absicht? Wie auch immer: Warum blieb Meret weg, als sie sich die Welt anschauen wollte? Und warum meldet sie sich jetzt nicht? Die ferne Tochter. Warum kommen unsere Kinder so selten? Warum können wir nicht mit aller Zeit der Welt mal ein Wochenende zusammen verbringen, und sie erzählen uns von Angesicht zu Angesicht, was sie machen, welche Geschäfte da laufen? Warum Ben das Buch eines Journalisten fürchtet? Warum Bodo bei PricewaterhouseCoopers arbeitet, einer der vier weltweit führenden Firmen, die Konzerne beraten, Abschlüsse anfertigen, Bilanzen prüfen und denen Kritiker vorwerfen, als ›Nadelstreifen-Mafia‹ Millionen Menschen um ihre Jobs, ihr Erspartes und ihre Pensionen zu bringen? Ihr Treiben sei tödlich, las ich in der Zeitung. Alles rauscht rasend schnell an mir vorbei. Ich fühle mich wie ein Stück Treibholz in einem reißenden Strom, hin- und hergerissen. Ohnmächtig.«

Sie machte eine lange Pause, bevor sie weitersprach: »Alice Miller hat tolle Bücher geschrieben. Aber sie ist auch das beste Beispiel dafür, dass diejenige, die klug die Kindheit anderer analysiert, im eigenen Leben total versagen kann. Ihr Sohn wurde vor ihren Augen jahrelang vom Vater geschlagen. Somit ist die Frage berechtigt: Was mache *ich* falsch?«

Basilius strich ihr über den Arm. »Du hast, *wir* haben es so gut gemacht, wie wir konnten, Bea.« Es war lange her, dass er ihren Namen an einen Satz angehängt hatte. »Und geschlagen haben wir niemanden.«

»Alles, was mit Erziehung und Bildung zu tun hat, muss neu geschrieben werden«, fuhr sie fort. »Da hilft auch keine künstliche Intelligenz. Im Gegenteil. Bevor sie uns überrollt, bevor wir uns überrollen lassen, müssen noch einige Dinge geklärt werden. Ich sage nicht, dass alles Bisherige falsch gewesen ist, aber im Ganzen stimmt da etwas nicht. Schau dir die Welt an. Unsere kleine. Und die große. Da müsste doch vieles besser laufen. Mit jedem Tag wächst mein Misstrauen gegenüber denen da oben in Politik und Wirtschaft, ihren hehren Zielen, großen Worten und Werten. Was der Mensch ist, weiß ich nicht. Ebenso wenig kann ich die Frage beantworten, ob es einen Gott gibt. Das alles muss ich auch nicht wissen. Aber ich weiß, dass ich in den allermeisten Situationen in der Lage bin, zwischen Gut und Böse zu unterscheiden. Schon ein Baby kann das. Ich weiß, dass es Dinge auf dieser Welt gibt, die ich als ungerecht, gemein, brutal, menschenrechtsverletzend und schädlich für die unmittelbar Betroffenen, für uns und unsere Kinder und Enkel ansehe. Dinge, die ich nicht haben will. Und ich kann versuchen, an einer Erziehung mitzuarbeiten, die immer mehr Menschen dazu bringt, die Dinge zum Guten zu wenden.«

Ihre Stimme war fester geworden. Sie hatte die Hände unter ihren Kopf gelegt und blickte ins Feuer. Basilius wusste nicht recht, was er darauf antworten sollte. Er fand es vernünftig, was sie sagte, hätte es vielleicht auch so formulieren mögen, wenn man ihn denn gefragt hätte. Aber er selbst wäre nicht auf so eine Frage gekommen. Eigentlich wusste er auch schon nicht mehr, wie die Ausgangsfrage gewesen war. Immerhin, es klang fast wieder wie der Schluss eines Leitartikels. Nach einer Weile fragte er, ob er vielleicht das Bœuf Diane aufwärmen sollte. Sie könnten doch jetzt vielleicht etwas essen.

Beatrice schwieg, er stand auf und ging in die Küche.

Als er wiederkam, kniete sie vor dem Feuer, dessen lodernde Flammen ihr Gesicht mit flackerndem Licht überzogen. Er erschrak, als er erkannte, dass sie einen Stapel Bücher neben sich hatte und im Begriff war, ein aufgeschlagenes Buch ins Feuer zu werfen.

»Nein«, schrie er, »tu es nicht!« Er stellte das Tablett mit den beiden Tellern ab, fast hätte er es fallen lassen, und eilte zu ihr.

»Lass mich«, sagte sie fest und ruhig. »Alles muss neu geschrieben werden.«

»Aber, Bea«, er versuchte ihr das Buch aus der Hand zu reißen, »so doch nicht. Denk an 1933, die Bücherverbrennung der Nazis, erst die Bücher, dann die Menschen. Das kann doch nicht dein Ernst sein. Und …«, er erkannte das Buch, das sie immer noch in der Hand hielt, »dann noch Erich Fromm, *Die Kunst des Liebens*, das ist doch bleibende Grundlage, darauf müsstest du dich auch beziehen, wenn du aus deinem Projekt ein Buch machst.« Er sah, wie sie stutzte und fügte schnell hinzu: »Ja. Mach ein Forschungssemester! Oder besser noch: Hör auf mit Uni und Politik und schreib dein Buch!« Er merkte, wie sie zögerte, nachdachte, sich ein wenig entspannte. »Vieles bleibt doch gültig. Das muss nur erkannt und eingearbeitet werden. Oder hier: Hannah Arendt, *Was heißt persönliche Verantwortung in einer Diktatur?*, das ist doch immer deine Quelle gewesen. Du kannst dich doch nicht selbst trockenlegen.«

Er sah sie lächeln. Es war einen Moment lang dieses halb tadelnde, dann aber doch verzeihende Lächeln, das er kannte und dem in der Regel etwas folgte wie *Bitte, Basilius, nicht diese poetischen Vergleiche, das geht bei dir immer daneben.* Sie schwieg jedoch einige Zeit und sprach dann sehr leise, fast wie zu sich selbst, mit vielen Pausen: »Nein, Mama. Das kann ich nicht. Hilf mir, Mama. Komm und hilf mir. Lass mich noch einmal das kleine Mädchen sein, Mama. Lass uns die Zeit zurückdrehen. Geh nicht, Mama. Nimm mich an die Hand und begleite mich noch ein wenig im Leben. Nimm mich ab und an in den Arm, hör mir zu, sprich mit mir, wenn ich von meinem ersten Liebeskummer erzähle. Sag, wie war es bei dir? Wenn ich von meiner Einsamkeit rede, sag, kennst du das auch? Wenn ich von dem kalten, harten Vater erzähle, sag, ist er zärtlich zu dir? Lehre mich, fröhlich zu sein! Das Leben zu lieben.«

Basilius glaubte etwas sagen, sie wieder in die Gegenwart holen zu müssen, blickte suchend um sich und entdeckte einige Hefte, die sie neben sich gelegt hatte. »Schau«, sagte er behutsam, »deine Regenbogenheftreihe damals. Die ist doch auch aus alldem entstanden, was dich jetzt wieder so bewegt. Du hattest großen Erfolg damit. Das bleibt doch gültig.« Er setzte sich etwas mühsam neben sie auf den Fußboden, nahm die Hefte und blätterte sie ein wenig durch: »Die Sehnsuchtsreihe. Richtig. *Die Sehnsucht der Kinder nach Stille* oder *Bewegung, Natur, Musik, Geborgenheit* oder hier: *Liebe.* Das Liebesheft war doch ein richtiger Burner damals. Kritiker sagten, das sei *Die Kunst des Liebens* für die heutige Generation.« Er fing an, einige Sätze zu lesen. »Übrigens«, begann er wieder, »Lotta und ich lesen das gerade. «

Beatrice drehte sich zu ihm und sah ihn mit großen Augen an: »*Was* macht ihr?«

»Wir lesen *Die Kunst des Liebens*«, sagte Basilius so beiläufig wie möglich.

»Und ich blöde Kuh dachte, sie macht hier sauber!«

»Macht sie auch. Aber sie macht auch mal Pause. Dann trinken wir unser Käffchen, lesen einen Satz oder Absatz vor, den einer von uns bemerkenswert gefunden hat, und sprechen darüber.«

»Und dann?«

»Dann geht sie wieder an die Arbeit.«

»Das ist ja! Mir fehlen die Worte.«

»Bea, bitte, erinnere dich an das Buch. Das hat doch mit *Lady Chatterley* nicht das Geringste zu tun. Lass uns endlich etwas essen!«, sagte er. »Sonst wird wieder alles kalt. Ich hole uns noch Wein.«

»Ich weiß nur nicht, warum dir jetzt ausgerechnet dieser Roman einfällt«, empörte sie sich. »Wenn ich die Geschlechterrollen umdrehe, wäre es beinahe so, als könntest du in einer Beziehung zu Lotta Erfüllung finden, während ich weitgehend empfindungslos und mehr oder weniger verkrüppelt mich schreibend und lehrend auf eine infantile Stufe zurückentwickle.«

»So habe ich es nicht gemeint. Ich habe das Buch nie gelesen. Es galt in meiner Jugend immer als Inbegriff des Obszönen.«

»Ich sag's ja«, spottete sie. »Überall Löcher, Flickwerk, elementares Unwissen, auch in der Bildung. Und wir regen uns darüber auf, dass nur 20 Prozent der ICE-Züge voll einsatzfähig sind! Ich weiß jetzt, warum so viele Alte zornige Bücher schreiben, Chomsky, Bauman, Ziegler, Mausfeld. Es ist das Erschrecken einer Generation, die im Wohlstand gelebt hat, der es gut gegangen ist, die glaubte, dass es voranging, und die jetzt erkennt, dass das alles nur Illusion, nur Täuschung war, dass am Ende nicht mal mehr *Lady Chatterley* gelesen wird und nicht einmal die Züge ordentlich fahren, mit denen doch das ganze Zeitalter des Fortschritts vor 200 Jahren begann.« Sie lachte: »*Ihr holden Schwäne ... Weh mir, Die Mauern stehn sprachlos und kalt, im Winde klirren die Fahnen.*«

Basilius seufzte: »Jetzt fällt mir wieder ein Satz ein, den Meret gesagt hat: ›Wir müssen die Gedichte in die Städte tragen!‹«

»So, das hat Meret gesagt. Ein schöner Satz. Immerhin. Schon mal wieder *ein* schöner Satz. Vielleicht können wir darauf aufbauen. Warum nicht?« Sie lachte. »Andere versuchten es mit einem Wort. Wir aber sagen: Im Anfang war der Satz!«

Es wurde still. Sie war aufgestanden, ans Fenster gegangen und sah hinaus: »Jedes Mal«, Basilius konnte sie kaum verstehen, so leise sprach sie, »wenn ich in die Dunkelheit da oben sehe, drängen sich mir letzte Fragen auf. Geht es dir auch so?« Er schwieg. »*Die Nacht überredet zum Tode*. Nietzsche hat recht.« Er fühlte abgrundtiefe Hilflosigkeit. »Weißt du«, begann er schließlich ganz vorsichtig, »kannst du nicht die großen pädagogischen, politischen und persönlichen Fragen ein wenig ruhen lassen? Die Antworten, deine Antworten können vielleicht noch etwas warten. Manchmal hilft es, einfach innezuhalten, Geduld zu üben, sich zu besinnen. Rücksprache mit Seele und Körper zu halten. Was möchtet ihr mir sagen?«

Sie sah ihn an: »Das mache ich doch die ganze Zeit, mein lieber Basilius. Ich halte Rücksprache. Und du bist dabei. Ist das nicht schön? Und auch eine Göttin ist dabei. Dieses Bœuf Diane, das dahinten zum wievielten Mal kalt wird, ist auch dies nicht voller Poesie? So ganz nach deinem Geschmack? Diana, die Göttin der Jagd, Beschützerin der Wildnis, der Kinder, Frauen und Schwachen, die Göttin liegt da auf zwei Tellern, erlegt, geschnetzelt. Ich käme mir wie der letzte Kannibale vor, würde ich auch nur einen Happen anrühren.«

Sie kam, legte ein paar Holzscheite aufs Feuer und kniete sich davor. »Nun, Herr Doktor«, begann sie schließlich, »was fehlt mir? Was meinst du?«

Basilius brauchte lange, ehe er antwortete: »Ich denke, dass du zu hohe Ansprüche an dich stellst. Dass du dich immer wieder abarbeitest an der Frage, inwiefern du Schuld haben könntest am Tod deiner Mutter, daran, dass und wie sie aus dem Leben gegangen ist; dass du meinst, durch ständigen hohen Einsatz in der Familie, an der Uni, in der Politik etwas gutmachen zu müssen. Dass du dich ungewollt gar nicht so sehr von deinem Vater unterscheidest. Arbeit, Arbeit, Arbeit. Und ich denke auch, dass du zu hohe Ansprüche an deine Mitmenschen stellst. Mehr war auch für deine Eltern offenbar nicht drin. Sie haben dich nicht geschlagen, misshandelt, missbraucht. Sie haben sich nicht so verhalten, wie es pädagogisch ideal gewesen wäre. Keine goldene Elternnadel. Mehr war aber nicht drin. Auch sie trugen ihre Lasten mit sich herum. Versuche sie zu verstehen.« Er setzte sich neben sie auf den Boden. »Und ähnlich ist es mit unseren Kindern. Sie leben jetzt ihr Leben. Dafür tragen sie Verantwortung, sie allein. Lass sie. Ihnen gehört die Zukunft. Wir müssen schauen, was bleibt.« Er zögerte einen Moment, bis er fast heiter fortfuhr: »Ich nenn es die schlichte, fast kindliche Freude am Dasein. Ich sehe, wie Dominique mit dem Pinsel, die Zwillinge mit ihren Clownereien ihre eigene Sprache finden, betrachte die Jahreszeiten, die Tiere und freue mich über jeden Tag, den ich ohne Schmerzen verbringen kann. *Einfach. Anders. Leben.* Soweit es möglich ist. Natürlich. Aber da geht noch was. Noch.« Beatrice sah ihn prüfend an, ob er das wohl ernst meine.

Und möglichst unaufgeregt erzählte er endlich von dem weihnachtlichen Gespräch, das er mit angehört hatte, und den Plänen der Söhne mit dem Haus.

Beatrice schluckte und starrte ins Feuer. »Sofies Anwaltskanzlei? Ich fass es nicht.« Sie sah sich um, ließ ihren Blick über Bücherwände und Bilder gleiten, als müsse sie Abschied nehmen. »Aber so einfach ist das nicht. Ich bin noch nicht am Ende. Ich will noch …«

»Was?«, fragte Basilius. »Denk dein Leben vom Ende her! Was willst du noch? Und was hindert dich daran, genau dies zu tun?« Unwillkürlich hatte er lauter gesprochen.

»Was ich noch will?«, flüsterte Beatrice. Sie stand auf, schob ihren Lesesessel vor den Kamin und legte sich unter die Decke. »In meinem Kopf ist alles so voll.«

Basilius stand am Feuer. »Ist das jetzt nicht mehr Erschöpfung? Diese vielen Jahre an der Uni und in der Politik. Bist du nicht einfach nur des Kämpfens müde?« Er sah sie an. »Ich will dir sagen, wie ich das meine. Ich war heute früh unterwegs. Auf die Weide hinter dem Stadtwald fiel erstes Sonnenlicht. Lange stand ich dort und genoss das Bild. Ich war gern Arzt, aber es gab Momente, in denen die Praxis mir wie ein Käfig vorkam, ein Tag wie der andere eine ewiggleiche Fahrt von Käfig zu Käfig: Haus, Auto, Praxis, Auto, Haus. Immer in abgeschlossenen Räumen. Deshalb erfreut mich so ein Morgen wie heute. Dass ich das noch einmal erleben darf! Silbrig glänzender Tau. Der Atem der Pferde verlor sich im Dunst. Das Fallen letzter Blätter. Ruhe. Auch innerlich. Ein Moment, in dem ich mich *zu-frieden* fühlte. Einem solchen Frieden zu begegnen, kann das nicht ein Ziel sein?«

Sie schwieg. Sie schien dem nachzudenken und seufzte: »Du sprichst wie der Cheyenne-Großvater von *Little Big Man*, bevor er sich zum Sterben auf den Berg legt.«

»Und wenn du mit dem Unikram aufgehört hast«, er redete jetzt sehr schnell, »vielleicht musst du nicht

einmal ein Buch schreiben, vielleicht ergeben sich ganz neue Möglichkeiten. Merets Gedichte in die Städte tragen, du könntest das umsetzen und leere Flächen beschreiben. Oder du gehst noch einmal mit ein paar Stunden an eine Grundschule. Die suchen doch händeringend nach Lehrkräften. Noch einmal eine erste Klasse. Wie wär das?« Er strahlte sie an.
»Weißt du, was du da sagst? Erste Klasse! Grundschule! Weißt du überhaupt, in welcher Liga ich in den letzten Jahrzehnten gespielt habe? Während du dir Krankengeschichten angehört und ein wenig Ruhe, Diät, Bewegung oder Salben verordnet hast, war ich national und international unterwegs. Ich hatte etwas zu sagen, und man hörte mir zu. Und jetzt willst du mich in eine erste Klasse schicken, dass ich den Kindern zeige, wie man eine Schleife bindet. Und nachts soll ich Graffitipoesie auf leere Wände sprühen. Stell dir das bitte einmal vor.« Sie schüttelte sich und dachte lange nach, bevor sie weitersprach. Resignation lag in ihrer Stimme. »Aber letztlich liegt es daran, dass du nie richtig begriffen hast, welchen Stellenwert die Pädagogik hat. Wer wenn nicht sie hat die große Aufgabe, die Menschen zu erziehen, ja, recht eigentlich erst zu Menschen zu machen. Durch unvergessliche Stunden, magische Momente der Lektüren, Experimente, Gespräche, in denen Erkenntnisse gesammelt, Erfahrungen ausgetauscht, die Sinne geschärft werden, der Grundstein dafür gelegt wird, sich der Welt öffnen und sie lieben zu können.«
Basilius sah wieder ins Feuer. Er hatte sein Leben als Arzt anders in Erinnerung. Und seine Schulzeit? Viel Angst, Unsicherheit, Langeweile. Am Ende eher ein Staunen darüber, dass er es doch geschafft hatte. Ihm fiel ein, in der 6. Klasse musste es gewesen sein,

Deutsch bei einem kleinen, dicken Choleriker. Wenn der der fast 40 Jungs nicht mehr Herr wurde, hieß es »Auf! Setzen! Auf! Setzen!« Und um dem Nachdruck zu verleihen, knallte er bei jedem »Auf!« mit einem Lineal auf den Tisch, das er sich im Vorbeigehen irgendwo genommen hatte. Einmal zerbrach das Lineal. Basilius stand in der letzten Reihe und musste lachen, er konnte gar nicht anders. Dieses verdutzte, hochrote Gesicht. Da kam Cholerix blitzschnell auf ihn zu und ohrfeigte ihn so, dass er zu Boden fiel. Folgen hatte das keine. Basilius wusste nicht einmal, ob der Mitschüler ein neues Lineal bekommen hatte. Viele Jahre später trafen sie sich bei einem Sommerfest wieder. Beatrice war in der Lehrerausbildung. Cholerix war mittlerweile Studienleiter und ihr Ausbilder in Pädagogik. Basilius sprach ihn nicht auf alte Zeiten an. In Erinnerung blieb ihm, dass er davon schwärmte, im Regen spazieren zu gehen. Basilius fand es im Übrigen wichtig, Kindern, denen das zu Hause nicht beigebracht wird – und er hatte in Familien hineinsehen können, wo dies und noch viel mehr vorstellbar war –, beizubringen, eine Schleife zu binden. Wohl auch eine Art magischer Moment. Ein weiterer Schritt in die Selbständigkeit. Die Voraussetzung dafür, ein Haus verlassen zu können.
Beatrice skandierte: »Der Atem der Pferde verlor sich im Dunst!« Basilius spürte den Stich. Wie lächerlich das klang, ja, klingen sollte. »Und immer dieses Melancholische«, fügte Beatrice hinzu. »Immer halb im Jenseits. Ich aber lebe noch. Und ob ich mein Leben vom Ende oder vom Anfang betrachte, ich will noch etwas tun. Vielleicht doch noch die *Grundlagen einer neuen Pädagogik* schreiben? Auf den Spuren der großen Erzieher, Konfuzius, Aristoteles, Seneca.«

Basilius ging ein wenig im Raum umher. »Meinst du wirklich, dass ein solches Buch das ist, worauf alle warten?«, spottete er. »Siehst du nicht schon den großen Vorsitzenden vor dir, dem du ein druckfrisches Exemplar schickst, wie er die Folie abreißt, das Inhaltsverzeichnis überfliegt, vielleicht noch mit der Einleitung beginnt, im Schlussteil blättert, dann aber das Buch zuklappt und denkt: ›Die gute Bea, immer wieder die alten Themen, sie kann's nicht lassen, aber gut, in die Bibliothek müssen wir's wohl stellen.‹«

In der Ferne ein Martinshorn. Es näherte sich, verstummte.

»Ich weiß, was du jetzt denkst«, sagte Beatrice leise. »Ja, jedes Mal, wenn ich es höre, muss ich daran denken und sehe meine Mutter im Schlafzimmer hängen. Mit abgewandtem Gesicht. Eine weiße Rose auf der Fensterbank. Ich sehe mich nach unten rennen, den Notruf wählen, warten, bis das Martinshorn lauter und lauter wird und mir erst in diesen Minuten klar wird, dass etwas Furchtbares passiert ist; sehe mich die Tür öffnen, den Weg nach oben zeigen, in der Küche stehen, bis irgendwann jemand mit mir spricht, Vater kommt. Ich sehe ihn in seiner Hilflosigkeit, seinem Unvermögen, mich in den Arm zu nehmen, zu trösten, weder an dem Tag noch an allen anderen, die folgen sollten. Ich sehe mich als Bettnässerin, worüber nicht gesprochen, was stillschweigend beseitigt wird, bis es irgendwann aufhört und man wohl meint, nun sei alles überstanden. Ein Irrtum.«
Sie starrte ins Feuer. »Hol mir bitte ein Glas Wein.«

Als er wiederkam, ihr das Glas gab und sie auch gleich wie eine Verdurstende einen großen Schluck nahm, hatte sie etwas mädchenhaft Zartes an sich.

»Du weißt«, begann sie von neuem, »Vanessa, seine neue Partnerin, blieb mir immer fremd. Auch die Versuche, mich auf ihre Seite zu ziehen, Shoppingtouren oder Fahrten mit dem Cabrio, sie ahnte nicht, wie wenig ich mir daraus machte, wie oft ich mir nichts als einen verspannten Nacken oder eine Erkältung holte. Aber ich ließ es geschehen, willenlos, als ob alles egal geworden sei, alles egal. Die Einsamkeit dieser Jahre. Ich hatte damals nicht die Kraft zu schreien. Vanessas Familie blieb mir fremd, in ihrer Sprache, ihrem Geruch, ihren Erinnerungen. Nur die Buschwindröschen sind geblieben.« Sie lachte. »Auf dem Weg zu ihren Eltern kamen wir durch Wälder, an deren Rand im Frühjahr tausende Buschwindröschen blühten. Jedes Jahr freue ich mich wieder auf die ersten Buschwindröschen. Verrückt, Trost in Buschwindröschen zu finden.« Sie trank einen Schluck und blickte lange ins Feuer.

»Wenn ich darüber nachdenke: In diesen Jahren der Jugend, die doch die schönsten sein können, wurde mir alles fremd, fühlte ich mich ausgesetzt, am Rande. Und erst gegen Ende der Schulzeit fand ich mich wieder, in der Literatur, in Philosophie, Geschichte, vor allem aber in der Begegnung mit diesen ganz konkreten Menschen wie Büchners Lenz, von dem es am Ende heißt: *Er schien ganz vernünftig, sprach mit den Leuten; er tat alles wie es die anderen taten, es war aber eine entsetzliche Leere in ihm, er fühlte keine Angst mehr, kein Verlangen; sein Dasein war ihm eine notwendige Last. – So lebte er hin.* Genau darin erkannte ich mich. Ich war Lenz.« Sie machte eine Pause, lachte: »Welche Ironie des Schicksals, dass *wir* uns im Studium begegneten, heirateten und ich den Namen Lenz auch bekam. Ich bin immer noch Lenz. Oder? Nein, natürlich nicht. Denn da waren die anderen, die mich prägten: Effi Briest, Iphigenie oder Antigone*: Mitlieben, nicht mithassen ist mein Teil.* Und als ich das Abi hatte und wusste, was ich studieren wollte, fühlte ich ganz wie die Marquise von O…: *Durch diese schöne Anstrengung mit sich selbst bekannt gemacht, hob sie sich plötzlich, wie an ihrer eigenen Hand, aus der ganzen Tiefe, in welche das Schicksal sie herabgestürzt hatte, empor*, oder Katharina Blum oder, oder, oder.«

Basilius ging zu ihr: »Du musst die Traumschülerin aller Deutschlehrer gewesen sein. Ob wohl irgendeiner gemerkt hat, auf welch bitteren Erfahrungen das gewachsen war? Und dass da ein hellwaches, bildschönes Mädchen vor ihm saß, das sich zumindest die Mitschuld am Suizid ihrer Mutter gab, das glaubte, ihr als Tochter nicht wichtig genug gewesen zu sein, am Leben zu bleiben. Meine Mutter hat mich nicht geliebt, ist für viele die schlimmste Erkenntnis in ihrem Leben.«

»Nein, nein! Warte!«, sagte Beatrice. »Es geht mir nicht um Schuld, Basilius. Nicht um ihre oder meine Schuld bei dem, was sie am Ende tat. Es ist nur so abgrundtief traurig. Weißt du? Verstehst du? Traurig. Ich stelle mir vor, wie behütet ihre Jugend war, in einem Haus wie dem unsrigen, Schlesien, Eichendorffs unbeschwertes Lubowitz, *O Thäler weit, o Höhen*, mit Fürsorge, Gesprächen, Büchern und dem Wunsch, der einzigen Tochter mit einem Studium die Welt zu öffnen. Kunstgeschichte in München. Natürlich wünsche ich sie mir in Künstlerkneipen gegen die Wald-, Feld- und Wiesenmalerei andiskutieren, über Rassekunst den Kopf schütteln und heimlich die entarteten Meister bewundern, immun gegen die den Soldatentod verklärende Lili-Marleen-Romantik. Ich weiß allerdings, dass sie dabei gewesen sein muss, als Hans und Sophie Scholl 1943 verhaftet wurden. Und als ein paar Tage später auf einer Veranstaltung in der Uni die Vollstreckung des Todesurteils bekannt gegeben wurde, muss sie auch unter denen gewesen sein, die dem Rektor und dem Hausmeister, der die Geschwister Scholl verraten hatte, rasenden Beifall zollten, trampelten, johlten, außer Rand und Band und nahezu zeitgleich mit der Rede von Goebbels im Berliner Sportpalast: *Wollt ihr den totalen Krieg? Ja, Ja, Ja!*« Sie machte eine Pause, bevor sie fortfuhr: »Zusammenbruch, Niederlage, Befreiung. Aber was bedeutet das, wenn die Eltern auf der Flucht ums Leben kamen, der Freund als vermisst gilt, die Erkenntnis wächst, sich in so vielem geirrt zu haben. Sie konnte offenbar mit niemandem darüber sprechen. Aber ich stelle mir vor, wie sie sich im Stillen schämte und, je mehr sie sich mit der Geschichte der Weißen Rose beschäftigte, schuldig sprach. Ein solcher Widerstand war möglich, wäre auch für sie möglich gewesen. So viel Ähnliches in Kindheit und Jugend. Wo aber war der Unterschied? Warum hatte sie sich mitreißen lassen? Warum hatte sie so schrecklich versagt? Sie heiratete. Ich kam. Und je mehr Vater die *dunklen Jahre* in Arbeit ertränkte, sein Leben wegarbeitete, je mehr sie in die fröhlichen Gesichter der Wirtschaftswunder-Wir-sind-wieder-wer-Verdrängungskünstler schaute, desto stiller, verzweifelter und misstrauischer denke ich sie mir. Bilder drängen sich auf, dass sie bei jedem, der sie zum Tanz aufforderte und in den Armen hielt, sich fragte, ob da nicht jemand lediglich die schwarze Uniform gegen die weiße Weste getauscht hatte. Und was mochte sich hinter den Opfergeschichten verbergen, die bei Tisch erzählt wurden und sich langsam in Heldengeschichten verwandelten? Ich muss fünf gewesen sein, da kam zu uns der Weihnachtsmann. Ich erinnere mich genau. Mir zog sich das Herz schon zusammen, als ich die schweren Stiefel näherkommen hörte. Roter Mantel, Kapuze, weißer Rauschebart, furchteinflößend. Kaum bekam ich das Gedicht über die Lippen, wagte nicht, nach den Geschenken zu schauen. Ob ich denn brav gewesen sei. Er plauderte mit Vater. Ich wurde mutiger. Als er ging, fragte ich ihn, ob er der Bruder vom lieben Gott sei. Er lachte, wischte sich über den Mund, dass der Bart verrutschte und trottete davon. Tage später stritten sich die Eltern. Nachts. Laut. Mutter warf ihm vor, gewusst zu haben, wen sie sich da als Weihnachtsmann in die Stube geholt hatten. Ernst Biberstein. Der Name blieb mir im Gedächtnis, weil sie ihn fast schrie. Pfarrer, Soldat, Gestapochef in Oppeln, Führer des Einsatzkommandos 6 in der Ukraine. Ich habe das geprüft. 1948 zum Tode verurteilt. Gefängnis. Zehn Jahre später entlassen. Weihnachtsmann. Vielleicht der Bruder vom lieben Gott? Sie lachte. Wohl eher vom Teufel. Ich hörte, wie sie rief: ›Und du lässt unsere Tochter vor ihm strammstehen: *Lieber guter Weihnachtsmann, schau mich nicht so böse an, stecke deine Rute ein, will auch immer artig sein.* Er hat ihr nichts getan. Ob er mit den Kindern, Frauen und Männern im Osten auch so viel Mitleid hatte? Wohl nicht. Lies das mal nach in den Akten des Einsatzgruppen-Prozesses!‹ Vater verteidigte sich, erinnerte wohl an die Zeiten, verführt worden seien sie doch mehr oder weniger alle, und jeder müsse bereuen dürfen, eine neue Chance bekommen, er habe seine Strafe abgesessen, und auch der Propst habe sich schließlich für ihn eingesetzt. Was sie über den gesagt hat, habe ich nicht mitbekommen. Ich kann es mir denken. Zum Schluss sagte Vater: ›Vergiss nicht die Worte des Herrn, meine Liebe, *Wer von euch ohne Sünde sei, werfe den ersten Stein.*‹ Jahre später, kurz vor ihrem Tode, gab es noch eine Situation, die mir erst viel später in ihrer Bedeutung klar geworden ist. Wir saßen auf der Terrasse. Die Sonne schien. Radiomusik. Vater sang mit: ›*Pack die Badehose ein, nimm dein kleines Schwesterlein, und dann nischt wie raus nach Wannsee.*‹ Sie sprang auf, der Stuhl kippte hinten rüber, ging zum Radio, machte es aus und verschwand. Vater sagte nichts. Ich denke, es muss die Zeit des Eichmann-Prozesses gewesen sein. Du verstehst. Wannseekonferenz. Die sogenannte Endlösung der Judenfrage. Bald darauf vollstreckte sie das Urteil, das sie über sich selbst gesprochen hatte.«

Basilius ging ein wenig durch den Raum, stellte sich dann wieder dicht ans Feuer und sagte: »Ich hätte sie gern kennengelernt. Vieles kann ich auch nachvollziehen. Und dennoch: Sie hätte dich nicht allein lassen dürfen. Oder?«

Sie griff nach seiner Hand.

9

Mit gutem Willen auf allen Seiten gelang es Beatrice, ein Forschungssemester mit dem Leitthema *Digitale Pädagogik* bewilligt zu bekommen. Merets Zimmer wurde ihr Arbeitszimmer. Viele Stunden saß sie am Schreibtisch. Vor sich leeres Papier und ein Bleistift. Seitwärts der Laptop. Wenn Basilius den Tee brachte, sah er ihren Blick in die Bäume, den Garten hinab zur Schwale. Müde, melancholisch, meditativ? Er hätte es nicht sagen können. Nach ein paar Tagen begann sie zu schreiben, zögernd, zaghaft, wie hingehuscht wirkten die wenigen Worte. Er kaufte ein, kümmerte sich um die Handwerker, ging zur Bank und zum Briefkasten. Lotta kam, machte sauber. Immer häufiger wurde sie auch von Beatrice gerufen, saß dann lange bei ihr, oft noch mit Allzweckreiniger und Wischtuch in der Hand, oder holte ein Buch aus der kleinen Bibliothek: Montaigne, Spinoza, Konfuzius, den Taoteking. Dann schleppte sie dicke Bücher aus der Stadtbücherei an. Basilius hörte sie reden. Manchmal musste Lotta auch von ihren Erfahrungen bei der Suche nach einem Job erzählen.

Es ging auf Ende November zu, als Basilius beim Frühstück fragte, wo eigentlich ihr Auto sei. »Mein Auto?« Beatrice hörte auf zu kauen und überlegte. »Ich weiß es nicht«, sagte sie schließlich. »An dem Tag, aus dem unsere Nacht am Kamin wurde, war ich im Institut gewesen. Wir hatten uns in der Stadt zum Essen verabredet. Ich war spät dran, fuhr direkt hin, aber wo ich den Wagen abgestellt habe, weiß ich nicht mehr.«

Fortan machte Basilius Umwege, suchte Parkplätze, Parkstreifen, Nebenstraßen ab. Nichts. Er meldete das Auto bei der Polizei als vermisst, und es dauerte nicht lange, da bekam er den Hinweis.

»Vermisst?«, sagte Beatrice, als er ihr davon erzählte. »Ich habe es nicht vermisst. Eigentlich brauch ich es nicht mehr. Sei so gut, fahr es zum Autohändler! Vielleicht geben sie dir noch etwas dafür. Wie auch immer. Ballast abwerfen. Auf dem Weg, den ich gehe, hilft mir kein Auto.«

Er sah sie an, ohne zu verstehen. »Ich weiß selbst noch zu wenig, Basilius«, fuhr sie fort und rührte in ihrem Tee. »Ich weiß nur, dass es so wie bisher nicht weitergehen kann. Auch nicht in meinem Leben. Kein Kasperletheater mehr. Ich bin *Jenseits von Reden*.« Sie lachte. »Früher hätte Kessy an sowas ihren Spaß gehabt. Des Ganzen müde frage ich mich, ob die letzten Jahre ganz anders gewesen sein könnten, ob mein Selbst- und Weltbild noch stimmt. Ich kann mir vorstellen, was du jetzt denkst. Den Widerstand, den meine Mutter nicht geleistet hat, den will ich jetzt leisten. Vielleicht ist da etwas dran, dass ich meine Form des Widerstands suche. Aber wem soll ich widerstehen? Es sind ja nicht mehr die braunen oder schwarzen Uniformen, die Parolen des Hasses, die das Bild bestimmen. Nicht mehr oder noch nicht. Aber das kann und will ich mir nicht vorstellen. Vergangenheit wiederholt sich nicht so plump. Heute ist alles vielschichtiger, verwischter, wirrer. Wer spielt jetzt mit unseren Ängsten, lockt mit bunten Bildern und flotten Sprüchen, weckt Wünsche, derer wir nicht bedürfen, Träume, aus denen es nur ein böses Erwachen geben kann, sperrt uns in einen Käfig voller Sehnsucht und Begierde? Die kleine Chinesin summte eine Melodie. Aus diesem Haus an der Schwale mit einer gelben Weste oder schwarz vermummt in die Lächerlichkeit zu stürmen, bewahre mich davor. Mich Polizisten in den Weg zu stellen, Steine zu werfen oder so etwas. Das ist nicht mein Stil. Fakt ist, es kann nicht besser werden, ohne dass sich etwas ändert. Ich stelle mir vor, die 3000 Studenten damals in der Münchner Uni hätten einfach ruhig dagesessen, die wenigen da vorn reden und *Heil Hitler* schreien lassen, wären am Ende still aufgestanden und gegangen. Wären sie verhaftet und getötet worden? Doch wohl nicht. Ich stelle mir vor, Trump findet niemanden mehr, der für ihn arbeitet, sitzt im Weißen Haus und irrt durch leere Räume. Hinter allem, was wir tun, steht ein Urteil, steht Zustimmung oder Ablehnung. Ich nehme mir die Freiheit, eine andere Welt zu denken und will mehr dafür tun, dass sie möglich bleibt. Was man machen müsste, um Kriege, Erderhitzung, Hunger, Armut, soziale Ungleichheit, Artensterben und, und, und in den Griff zu bekommen, das alles ist gesagt und geschrieben worden. Es ist bekannt. Aber es interessiert zu wenige. Die Mehrheit will nur noch dazugehören, mitmachen, voller Lust funktionieren in diesem apokalyptischen Treiben. Ich kann das nicht mehr. Das zumindest weiß ich. Jeder muss mit sich selbst bis zum Schluss zusammenleben. Auch ich muss mich aushalten.« Sie lächelte ihn an: »Schön, dass du da bist und trotz allem noch eine Weile bleibst. Oder?«

Er strich ihr über den Rücken: »Ja, natürlich, ja, sicher.« Ganz wohl war ihm allerdings nicht. Ein wenig fühlte er sich an alte amerikanische Gerichtsfilme erinnert, in denen am Ende der Grundgute ein großes Plädoyer hält, die ewigen Werte beschwörend in Erinnerung ruft und die Geschworenen auf seine Seite zieht. Wie aber sah es in Wirklichkeit aus? Und war all das, was sie sagte, nicht auch Anklage? Mehr noch: Sprach sie nicht bereits das Urteil über ihn? Denn wieso hielt er alles offenbar aus? Wie so viele andere. Gerade gestern hatte er beim Kauf eines Brotes lange Zeit die Verkäuferinnen beobachtet, sich verloren in all den schnellen, gezielten Bewegungen, dem Fragen, der Freundlichkeit, dem Überspielen einer Müdigkeit, die im Laufe der Jahre allein an ihren Körpern, an ihren Gesichtern ablesbar war. Sollten diese Mühseligen und Beladenen nach der Arbeit nun auch noch die Welt retten?

Lange Nächte. Leere Himmel.
Im ersten Kerzenlicht nach Träumen tauchen.
Am Futterhäuschen Falkenflug.

Ovids Mahnung fiel ihm ein, wer nur sich selber suche, werde sich fremd.

10

Im vorweihnachtlichen Stöbern bei KRAUSKOPF am Großflecken entdeckte er einen dicken Wälzer, dessen Cover ihn zum Blättern brachte: Junger Mann, mit dem Rücken zum Betrachter, sieht auf eine strahlende, berstende Discokugel im schwarzen Universum. Was ihm bald wie eine weitere Beschreibung der vielen Vorzimmer der Hölle erschien, Kriege, steigende Rüstungsausgaben, Entwicklung neuer Waffen- und Angriffssysteme nebst Hinweis auf das Paradies auf Erden, das möglich sei, wenn ..., ließ ihn erstarren, als er die Widmung las: *Für Meret*. Kein Zweifel: *Für Meret*. Er kaufte es, eilte nach Hause, zeigte es Beatrice. Meret lebte also. Wahrscheinlich. Das Buch war erschienen. Wohl unter einem Pseudonym. Sie hatte ihn gefunden. Wahrscheinlich. Sie recherchierten: Das Buch war einmal kurz in der SPIEGEL-Bestsellerliste aufgetaucht, war auch besprochen worden, meist mit dem Tenor, die Realität sei leider die, dass der Mensch mit seiner Fähigkeit zum Guten und zum Bösen, mal Wolf, mal Schaf, sich gerade aus Liebe zu einem menschenwürdigen Leben rüsten und verteidigen müsse: Man stelle sich vor, niemand hätte sich einem Hitler in den Weg gestellt.
Und nur wenige Tage später, er kam vom Einkaufen, traf er auf eine völlig aufgelöste Beatrice: Meret hatte sich gemeldet, ja, sie hatten miteinander gesprochen, geweint, gesprochen, sie habe sie gesehen, Himmel, welche Ähnlichkeit mit ihrer eigenen Mutter, also der Großmutter, nein, Angst hätten sie da oben in Schweden nicht mehr, das Buch, ja, nun, kein Bestseller, keine ›Bombe‹ – so Meret –, die alle Waffen dieser Welt zum Schweigen brächte, aber

Aufsehen schon, Micha, ja, Micha habe Angebote von NGOs, aus der Politik, von Konzernen, selbst von dem, in dem Ben arbeite, sei das nicht fantastisch, ja, auch mit ihm habe sie schon gesprochen, wichtiger als alles, sie sei hochschwanger, vielleicht komme das Kind zu Weihnachten, am Heiligen Abend, das wäre, das müssten sie sich mal vorstellen, denn: »Sie studiert seit einigen Monaten Theologie!«

Basilius brachte die Einkaufstaschen in die Küche, zog Mantel und Schuhe aus und schenkte sich einen Kaffee ein.

Sie setzten sich in den Erker. »Unsere verlorene Tochter ist wieder da. Wem auch immer sei Dank!«, sagte er schließlich. »Aber deine Freude hält sich in Grenzen. Worauf kaust du rum?«

Beatrice sah hinaus und nippte an ihrem Kaffee. »Natürlich bin ich glücklich. Diese Ungewissheit war furchtbar. Aber mit der Theologie habe ich nicht gerechnet. Allein, wie sie das erzählt hat! Zwischen Himmel, Fels und Wasser, inmitten dieser einfachen Menschen sei plötzlich die Berufung zur Gewissheit geworden: Gott habe sie erwählt! Sie sei in die kleine Kirche gerannt, vor einem Fenster, das im Abendlicht in allen Farben leuchtete, auf die Knie gefallen und habe im Gebet zum ersten Mal ein Gegenüber gefunden, das sie seitdem mit Ruhe und Geborgenheit erfülle. Kurz: Gottvertrauen.«

»Zum ersten Mal, nun ja«, murmelte Basilius. »Eine Szene wie aus einer Kinderbibel. Schlicht und schön.«

»Das hört sich an, als ob du es ernst meinst«, sagte sie etwas zögerlich, und als er schwieg, brach es aus ihr heraus: »Basilius, ich bitte dich. Wer vertraut heute noch Gott? Wie ist es bei dir? Du vertraust vielleicht noch der Polizei, deinem Urologen, Weinhändler und der Rentenversicherung, aber doch nicht Gott. *Vater unser, der du bist im Himmel* ... Seitdem Galilei vor 400 Jahren das Fernrohr nach oben richtete, ist da kein Vater gefunden worden. *Gott ist in uns oder nirgends*, hat er gesagt, und wenn *in uns*, dann müsste sich das doch wohl in unserem Handeln zeigen, in unserer Nächstenliebe, Güte, Freundlichkeit den Menschen, Tieren, der Schöpfung gegenüber. Tut es das?«

»Und dann«, sagte Basilius, »hat Brechts Galilei seinen berühmten Stein aus der Tasche geholt, ihn fallen lassen und hinzugefügt, kein Mensch könne dies sehen und dazu sagen, er falle nicht. Ja, er glaube an die sanfte Gewalt der Vernunft. Und? Hat er damit recht gehabt? Es mag unwissenschaftlich sein, an einen Gott zu glauben. Aber handeln wir seitdem vernünftiger?«

Beatrice sah ihn erstaunt an. »Du meinst ...?«

»Ich meine«, fuhr er fort, »dass es hier kein Entweder-oder gibt und dass es immer auf den einzelnen Menschen ankommt.« Er wunderte sich, wie entschieden er gesprochen hatte, stand auf, ging ein paar Schritte und wandte sich ihr wieder zu, leiser: »Ich meine, je älter ich werde, desto fremder werden mir die großen Begriffe wie Gott, Vernunft, Ewigkeit. Sinn des Lebens! Ist es nicht ganz schlicht und einfach so, dass wir uns bemühen sollten, einander das Leben leichter, freudvoller zu machen und die Schönheit und Vielfalt des Planeten zu bewahren? Für mich wird alles immer kleiner, konkreter, rückt näher. Habe ich gut geschlafen? Keine Schmerzen? Sind die Zeitungen da? Kann ich spazieren gehen? Fühle ich mich noch aufgehoben hier, in dieser Welt? Spüre ich sie, interessiert sie mich noch? Gewiss ist nur: Ich verstehe sie immer weniger, staune immer mehr, und es macht mir nichts.«

Er sah hinaus. Über den Bäumen türmte sich ein Wolkengebirge, von ockerfarbenen, scharf geschnittenen Wülsten durchzogen. Präriehimmel. *Nicht Wolf, nicht Hund.*

Beatrice stand auf und ging zu ihm: »Was sagt denn der gute alte Bim bei euren Kaffeehausgesprächen dazu?«

»Ach. Er ist ja in diesem politischen Gesprächskreis an der VHS. Insofern geht es irgendwann immer um die ganz großen Fragen, *was die Welt im Innersten zusammenhält* und so. Er hat dieses typisch Lehrerhafte, dieses Weit-Ausholende, dass man meint, er verstehe, was da vor sich geht. Hat ja auch immer Zeitungen oder Bücher bei sich, in denen er tatsächlich liest, anstreicht usw. Aber wenn ich das dann auf den Punkt gebracht haben möchte, dann kommt er mit Goethe: *Mit dem Wissen wächst der Zweifel*, wiegt den Kopf, schwierig, schwierig, alles sehr komplex. Und wieder weiß ich nicht, was er denkt oder wie es sich mit Brexit, Europa, Krieg oder Frieden, Himmel und Hölle verhält. Überhaupt, dieses Bildungsbürgerliche. Ich weiß, wenn ich ihm erzähle, dass Meret sich gemeldet hat, wird er sagen: ›Unverhofft kommt oft, und manchmal auch im Guten.‹ Und wenn ich auf seine Frage, wie es mir geht, ›Ganz gut‹ antworte, erwarte ich ja gar nicht, dass er wie Frau Lange auf dem Wochenmarkt antwortet: ›Ganz gut geht gar nicht, ganz gut ist die kleine Schwester von Scheiße‹, aber bei ihm heißt es dann: *Des Lebens ungetrübte Freude ward keinem Sterblichen zuteil.* Das nervt. An jeder Supermarktkasse ist er gefürchtet. Bei einem Betrag wie

14,53 Euro hält er erst einmal einen Vortrag über die geschichtliche Bedeutung dieser Jahreszahl, der Eroberung Konstantinopels durch die Türken. Oder diese ständige Eingangsfrage: ›Weißt du, wer heute Geburtstag hat?‹ Und natürlich hat immer irgendeine Berühmtheit aus dem Geistesleben Geburtstag, und so muss ich mir anhören, warum es beispielsweise genial ist, eine autobiografische Erzählung anfangen zu lassen mit dem Satz: *Nein, so ist es nicht gewesen.* Und am Ende kommt er dann auf die Ideale der 68er, kommt auf Brandt und die Träume von einer besseren Welt, jammert, wann, warum und wie so vieles schief gelaufen ist, verliert sich in Weltuntergangsfantasien und will von mir das freundschaftliche Versprechen, ihm, wenn es soweit ist, die Pille zu geben, mit der alles schnell zu Ende geht.« Basilius merkte, dass er lange nicht so viel gesprochen hatte, dass das wohl alles mal raus musste, dass ihm jetzt in diesem Moment klar wurde, dass er von diesem Freund innerlich schon Abschied genommen hatte, und fügte hinzu: »Den Namen Bim hat er ja damals in der Schule von unserem Lateinlehrer bekommen, weil er auf die Frage, wie er heiße, nur mit *B. M.* geantwortet hatte. Ich nenn ihn jetzt nur noch Bruder Melancholikus.«

»Merkwürdig«, sagte Beatrice, »wie mag es da bloß in diesem Gesprächskreis zugehen?«

»Er sagt, sie lachen viel.«

»Bruder Melancholikus, das scheint dann ja ganz gut zu passen«, lästerte Beatrice. »Es hat was von *ora et labora*. Und, wie hält er's mit der Religion?«

»Einerseits zitiert er genüsslich Kant, Religion sei lediglich Opium fürs Gewissen, andererseits rät er den Theologen, die Türen dicht zu machen. Nicht nur im

Kloster, sondern auch in den Kirchen. Im Ernst. Schluss mit der Anbiederei, dem Ertragen der Heuchler und Stumpfsinnigen! Wer in Gottes Haus wolle, müsse anklopfen, bitten, beten. Alles, was sich verhülle, sei geheimnisvoller, interessanter, begehrenswerter. Die Kirche solle sich ein Beispiel an den Frauen nehmen. Als die noch lange Röcke trugen … Abstrus. Nein, eine Freude sind diese Gespräche schon lange nicht mehr. Von ihm geht nichts Leichtes, Humorvolles, Schönes aus. Alles wird sofort kritisch hinterfragt, tiefengebohrt. Nichts kann so bleiben, wie es ist. Könnte ich ihn glücklich nennen, ginge es hin. Aber mir ist, als möchte er dauernd getröstet werden.«

Er stand da, sah nach draußen und schwieg. Der Himmel hatte sich ein wenig geöffnet.

Beatrice ging zu ihm, stellte sich neben ihn, strich ihm über den Arm und hakte sich bei ihm ein. »Vielleicht sollten wir uns ein Auto mieten und für ein paar Wochen abtauchen. Was meinst du? Ans Meer. Wie damals. Nur Wasser, Sand, eine Hütte und wir. Jetzt gleich.«

Emsiges Picken im Vogelhäuschen.

»Wie liebten wir uns.«

»Es war Sommer.«

Eine Amsel putzte sich in der Vogeltränke, badete, trank.

»Und dein Forschungssemester?«, fragte er.

»Ach, ich habe den Bericht fertig.«

»Fertig?«

»Eine Seite. Aufgrund intensiver Recherchen schließe ich mich dem Bildungsbericht der OECD von 2016 an, dass die neue Technologie mehr schadet als nützt. Profit-, Manipulations- und Überwachungsinteressen stehen je nach politisch-gesellschaftlichem System stärker im Vordergrund als die Interessen der Kinder und Jugendlichen.«

»Aber damit bist du da wahrscheinlich raus.«

»Ja.«

»Und es ist hart formuliert.«

»Ja. Aber schau. Im COURIER heute ein Artikel auf einer der vorderen Seiten mit der Schlagzeile ›MP Günther: Digitalpakt wird zügig umgesetzt‹, Bild: ›Daniel Günther schaut durch eine Datenbrille, die Konstruktionspläne in den Raum projiziert.‹ In der SZ irgendwo hinten die neuesten Ergebnisse der Studie von Hattie und Zierer, 1400 Metastudien, 84 000 Einzelstudien, Ergebnis: Auch digitale Medien verändern nicht den Kern erfolgreichen Unterrichts, der in der Beziehung zwischen Schüler und Lehrperson und im Gespräch über das Gelernte besteht. Also: Macht Digitalisierung die Schule besser? Kaum. Und deutlich negativ bleibt die Nutzung des Smartphones und sozialer Medien in der Freizeit in Bezug auf den schulischen Erfolg. Punkt. In den Raum projizierte Konstruktionspläne, tzz, früher nannten wir das Wolkenkuckucksheim. Ganz abgesehen davon: Ich erinnere an die Forschungsergebnisse von Korte, der gezeigt hat, wie die digitale Welt das Gehirn verändert, die Konzentrationsfähigkeit mindert, uns die Klarheit des Denkens raubt. Wir werden immer dümmer.«

Sie schwieg einen Moment, bevor sie leise weitersprach. »Ich träume seit Wochen schlecht. Immer die gleichen Szenen. Ich soll unterrichten, betrete den Klassenraum, alles riesig, teilweise auch ansteigende Sitzreihen wie in der Uni. Niemand beachtet mich. Unübersichtliche Mengen junger

Menschen. Ich kenne sie nicht. Sie reden miteinander, machen Fotos, verschicken Nachrichten, spielen, jemand trommelt, einige beginnen nach den Rhythmen zu tanzen. Schließlich gehe ich ans Pult und spreche ins Mikrofon, dass ich mit meiner Vorlesung beginnen möchte. Ich bitte um Ruhe und nenne das Thema. Ich frage, ob sie ihren Seneca gelesen hätten. Von hinten ruft jemand vorwurfsvoll: ›Aber Sie wissen doch, wir können gar nicht lesen!‹ Allgemeines Gelächter. Ein junges Mädchen kommt zu mir. Hübsch, aber von leerer Schönheit. Sie sieht mich mit großen Kulleraugen an, geht dann ans Mikrofon und haucht hinein, dass ich doch endlich begreifen müsse, wie schwer, wie unmöglich es für sie alle sei, sich mit etwas zu beschäftigen, für das sich hier im Raum niemand, absolut niemand interessiere. Leises Gekicher, Gegacker. Ich wache auf, schweißgebadet, Kopfschmerzen. Vorwürfe. Ich habe das mit zu verantworten. Ich muss Antwort geben: Wie konntest du es zulassen, dass …? Und es geht um Kinder. Kinder haben wenig Chancen, sich zu wehren. Die allermeisten haben uns vertraut, vertrauen uns nach wie vor, glauben, dass wir sie auf ein menschenwürdiges Leben vorbereiten.«

Er sah, wie im letzten Abendlicht die Amsel aus der Vogeltränke davonflatterte.

11

Es kamen hellere Tage.

Den bunten Weihnachtsteller hatte Basilius Frau Kurczinski allein bringen müssen. Beatrice hatte entschieden, diesen Hades, wie sie sagte, nicht mehr zu betreten. »Die Bewohner nur noch Schatten ihrer selbst, dem Schicksal ausgeliefert, mein grimmig dreinblickender Vater längst jenseits von Lethe, dem Fluss des Vergessens. Das halte ich nicht mehr aus. Sei so gut ...« Basilius war sehr nachdenklich geworden, als Frau Kurczinski während der kleinen Kaffeestunde eine etwa 10 cm hohe Holzfigur hervorkramte, ein Mädchen im langen, roten Kleid mit verblichenem goldenen Haar, einem sanften Lächeln und einem aufgeschlagenen Buch in der Hand. Sie stellte sie auf die Tischplatte, die von einigen Kerzen angestrahlt wurde, und das Mädchen fing an, sich zur Melodie von *Stille Nacht, Heilige Nacht* zu drehen. Basilius fragte nach, und Frau Kurczinski erzählte von ihrer Familie, von Polen, auch davon, dass sie sich mit Vater, so nannte sie ihn, in der ersten Zeit noch über Land und Leute hatte unterhalten können, war er doch als blutjunger Soldat auf dem Rückzug da durchgekommen. Schon lange gehe das natürlich nicht mehr. Basilius reichten die Wälder und Seen nicht, über denen Fischadler kreisten, auch nicht, dass die Familie im Dorf einmal Apotheke und Schankwirtschaft in einem Haus betrieben hatte. Ihn berührte die Geschichte. Er wollte mehr wissen. Aber Frau Kurczinski schlug nachlässig und wie nebenher ein Kreuz, murmelte *Bloodlands* und fuhr lebhaft fort: »Schauen Sie, in der anderen

Hand hält das Mädchen, dieser Engel, zwei kleine Kabelenden, im Rücken ist ein Fach für eine Batterie, und ich erinnere noch die Freude, die es uns Kindern machte, wenn die kleinen Kerzen zu leuchten begannen.«

Dominique schickte ein Bild. DIN A3, durchgehend dunkler Grundton mit einer etwa fünf Millimeter breiten, gezackten Linie in gebrochenem Weiß. Je nachdem, wie er das Bild hielt, verlief sie von oben nach unten, von rechts nach links, eher im oberen oder unteren Teil beziehungsweise am rechten oder linken Rand. Basilius bedankte sich.

Und Meret gebar ihr Kind. Hildegard. Nicht am Heiligen Abend, drei Tage später, aber Mutter und Tochter waren wohlauf. Ja, nun würde man sich bald sehen.

Zu Jahresbeginn rief er Bodo an, der von seinem neuen Job bei der EZB erzählte, Bereich Bankenaufsicht in der Eurozone. Basilius verstand viele Einzelheiten nicht, nach denen er gefragt hatte, und war unsicher, ob diese Personalie im Hinblick auf die EU im Allgemeinen und die Stabilität des Euro im Besonderen zu begrüßen sei. Er hatte Schimmelbuschs *Hochdeutschland* und Menasses *Hauptstadt* gelesen: Ob das die Welt sei, in der sich der Sohn bewege? Damit aber konnte Bodo nichts anfangen. Er kannte die Romane nicht. Basilius bat ihn, sein Büro zu beschreiben. Er brauche etwas, um sich sein Leben vorstellen zu können. In Erinnerung blieb der weite Blick über Frankfurt hinaus. Nur ein paar Schritte bis zum Horizont. Basilius sah einen

Adler kreisen. Als Bodo Andeutungen zum Gehalt machte, das sich nicht mehr in diesen Höhen bewege, konnte Basilius nicht umhin, im Vergleich zu den Bäckereifachverkäuferinnen die Frage der Gerechtigkeit ins Spiel zu bringen, was Bodo zum Lachen brachte. Nur ein Wettlauf mit dem eigenen Schatten sei gerecht. In dem Zusammenhang: Sofie wolle im nächsten Jahr fürs Europäische Parlament kandidieren. Er kam ins Reden, und am Ende fühlte sich Basilius an die Schlagzeilen aus dem Wirtschaftsteil der Zeitung erinnert, den er immer nur überflog. Auf jeden Fall müssten nach Sofie und Bodo viele in Euroland wohl endlich ihre Hausaufgaben machen. Ständig ging es um dieses Hausaufgabenmachen. Und Basilius fragte sich, ob Beas Erziehung nun ausgerechnet auf diesem Feld solche Früchte tragen sollte. Im Übrigen, schloss Bodo, sie zögen nach Paris. »Au revoir!«

Er hatte vergessen, ihn nach der Wette zu fragen.

Beim Spaziergang am Nachmittag sah er Dominique pausenlos durch Galerien und Museen wandern. Er hätte ihn gern begleitet. Filmszenen aus *Paula* schwirrten ihm durch den Kopf. Die Malerin Modersohn-Becker in Paris. Rilke. *Wie schade.*

In der Nacht fiel Schnee. Er fand keinen Schlaf. So viele Bilder und Gedanken. Er stand auf, zog sich an und setzte sich in den Erker.

Das Licht des vollen Mondes.

Himmlischer Glanz.

Am Morgen der Garten, ein Wintermärchen.

Basilius versuchte Bea davon zu erzählen, merkte aber, dass ihm die Worte fehlten.

»Lass!«, sagte sie schließlich. »Irgendwo hab ich gelesen: *Die Poesie des 21. Jahrhunderts ist das Schweigen*. So ist es wohl. Seit 21 Wochen steht Greta Thunberg jeden Freitag vor dem Parlament in Stockholm, geht nicht zur Schule, sondern streikt für eine konsequente Klimapolitik. Sie steht einfach nur da und zeigt ihr Plakat: SKOLSTREJK FÖR KLIMATET. Sie hat damit eine weltweite Bewegung ausgelöst. Jugendliche beginnen sich zu wehren. Stummer Protest.« Sie war auf dem Weg nach oben, drehte sich noch einmal um und sagte: »Schade, dass ich nicht mehr zur Schule gehe. Zu alt, um zu streiken.« Sie dachte eine Weile nach und fügte leise hinzu: »Ich habe aufgehört mit der Uni, und niemanden stört es. Dann macht es eben ein anderer. Einer, der Sylvia Plath nicht mehr kennt. So what?«

Ben rief an, um sich zu verabschieden. Israel. Der Nahe und Mittlere Osten bleibe geschäftlich interessant. Wenn er dort jemals ankomme. Denn noch sitze er in der DB Lounge in Berlin. Der ICE konnte nicht rechtzeitig bereitgestellt werden. Um sich herum wartende Menschen. Viele im Mantel. Mit Koffern oder Taschen. Nicht mehr hier und noch nicht dort. Auf Bildschirme starrend. Menschen im Zwischenreich. Immerhin 1. Klasse. Wartend, dösend, schniefend. Früher habe er immer gesagt, wenn du krank werden möchtest, setz dich ins Wartezimmer eines Arztes. Heute: Setz dich in eine DB Lounge. Israel. Basilius kam auf Amos Oz zu sprechen, der gerade gestorben war. *Eine Geschichte von Liebe und Finsternis*, Ben habe vielleicht … Nein, aber an den Dante müsse er oft zurückdenken. Mit dem brennenden Troja und dem dunklen Wald. Basilius ließ das so stehen. Ob er sich auf etwas freue? Ja, die Wüste. Hier seien einfach zu viele Menschen. Viel zu viele Menschen. In die Stille hinein fragte Basilius nach der Wette aus Jugendtagen. Wette? Oh, der Zug. Es soll losgehen. Im Übrigen: Mary bleibe mit den Zwillingen in Deutschland und würde sicher bald einmal vorbeikommen. Da gebe es ein Projekt.

Und so geschah es. An einem Frühlingstag fuhren zwei rote Sprinter vor, Männer und Frauen in Overalls sprangen heraus, auf dem Rücken die Aufschrift: LENZ on tour. Dicke Kabel wurden ausgerollt und eine Behelfsbrücke über die Schwale gebaut, um von dort in den Pavillon filmen zu können. Mary gab Anweisungen, wo die Lampen aufzustellen waren und wie sie sich die Kameraführung vorstellte: vom tiefblauen Himmel, durch den kleine Federwolken zogen, über das Haus, die wenigen Bäume in einem Meer von geharkten, silbrig glänzenden Kieseln, entlang der Buschwindröschen an der Uferböschung zum fließenden Wasser und dann in den geöffneten Pavillon, in dem Beatrice bereits saß, aufrecht, im Lotossitz, die Füße auf den Oberschenkeln, die rechte Hand vor dem Bauchnabel mit der Handfläche nach oben, die linke in der rechten ruhend, während sich die Daumen berührten, graues, fast weißes, sehr kurz geschnittenes Haar, lindgrünes Gewand, ruhig atmend, die geöffneten Augen nach unten, auf das Wasser gerichtet. Links und rechts hinter ihr jüngere Frauen in ähnlicher Haltung.
Basilius zeigte Mary den tunnelartigen, aus biegsamer Weide geflochtenen Gang, der vom Haus zum Pavillon führte, und bereitete ihnen dann in der zur Vegan-Oase umgebauten Küche einen Tee. Milder

Kräuterduft aus Fenchel, Anis, Salbei, Kümmel und Kamille, anregend und beruhigend zugleich, durchzog die lichten Räume, wenige große Fotos von Brücken und Meeresküsten vermittelten Weite, Klangschalen die Sehnsucht nach innerem Frieden. Die Treppe führte zu den Massage-, Wellness- und Kalligrafieräumen. Über allem schien Lotta zu thronen, die im weißen Gewand feengleich Regie führte und die beiden sehr bald zum Schweigen ermahnte, indem sie den rechten Zeigefinger auf ihre geschlossenen Lippen legte und mit dem linken auf einen Spruch des Meisters Rikyu zeigte, der über ihnen hing: *Das Wesen der Teezeremonie ist Wasser kochen, Tee bereiten und ihn trinken. Nichts sonst.*
Sie tranken und gingen. Unterwegs erzählte Mary, dass sie momentan an einer Reihe über weise Frauen arbeite. Die Sprüche, die zu dem meditativen Bild von Beatrice eingespielt würden, müsste sie – der Tonqualität wegen – später im Aufnahmewagen sprechen. 81 habe sie ausgesucht. Das werde harte Arbeit. Mary war Heraklit in Erinnerung geblieben:

Wir steigen in denselben Fluss und doch nicht in denselben, wir sind es und wir sind es nicht.

Oder:

Einmal kam ein Mönch zu Gensha und wünschte zu erfahren, wo der Eingang zum Pfad der Wahrheit wäre. Gensha fragte: »Hörst du das Murmeln des Baches?« »Ja, ich höre«, antwortete der Mönch. »Dort ist der Eingang«, belehrte ihn der Meister.

Basilius steuerte Fräulein Frieda an. Er fand das passend. Sie bestellten beide Cappuccino. »Wobei dieser Gensha schon sehr weit geht«, nahm sie den Faden wieder auf, während sie ständig auf ihr Smartphone schielte, »meint doch Laotse zum Tao, zum rechten Weg: *Ein Wissender redet nicht, ein Redender weiß nicht.*«

Basilius freute sich, Mary so nah gegenüber zu sitzen, sie in Ruhe betrachten zu können. Sie hatte sich verändert. Diese Reihe, sagte sie, könnte in der Schule in unterschiedlichen Klassenstufen oder in der Erwachsenenbildung eingesetzt werden, mit Links zu Diotima, Hildegard von Bingen, Hannah Arendt und Miranda July, Greta Thunberg und anderen Frauen, griechischer oder chinesischer Philosophie, Yoga, Zen, Buddhismus, Meditation, Stille; wahlweise mit oder ohne Werbung. Die Nachfrage sei groß: Fernreisen, Ferienkurse, VHS-Angebote, Kosmetik, Anti-Aging-Creme usw. Bea habe ja immer noch eine schöne Haut, strahle inneren Frieden, Harmonie aus.

Sie machte eine Pause. Basilius spürte, dass er auch einmal etwas zum Gespräch beitragen müsste. Er verkniff sich die Frage, ob Beatrice wisse, dass es hier vor allem um Geld geht. Stattdessen nahm er den Faden auf, ja, Bea sei wohl ganz glücklich darüber, wie sich das entwickelt habe. Sie sei jetzt oft jenseits der Sprache und des Denkens, leer geworden, erlebe, wie sie selbst ihm schon gestanden habe, Momente, da löse sie sich auf, sei gar nicht mehr da, spüre etwas Ewiges, was ihr zunächst Angst, mehr und mehr aber Freude mache. Da gebe es keinen Hass, kein Verlangen, kein Leid. Da genüge ein fallendes Blatt, um ein wissendes Lächeln auf ihr Gesicht zu zaubern.

»Okay«, sagte Mary. Es klang unsicher. »Und was machst *du* so?«

Fast hätte er die Frage überhört. Er überlegte eine Weile und erzählte dann von seinen Spaziergängen, Kaffeehausgesprächen mit Bim, Lektüren. Juli Zehs *Neujahr* und Sebalds *Austerlitz* hätten ihn tief berührt, so viel geweckt an selbst Erlebtem. Er machte eine Pause und trank einen Schluck. Und dann ein Buch wie *Nicht Wolf, nicht Hund*! Er hätte nicht gedacht, dass man die Geschichte der nordamerikanischen Indianer noch einmal so bewegend erzählen könnte.

»Entschuldige mal kurz«, sagte sie, las eine Nachricht und tickerte eine Antwort.

Währenddessen holte er sein kleines Notizheft mit dem Bleistift aus der Tasche, schlug es auf und schrieb hinein: »Frieda, Freude, Eierkuchen.«

»Ja«, sagte sie, als sie fertig war, »danach wollte ich dich schon Weihnachten fragen. Was hat es auf sich mit diesem kleinen Heft, das du immer bei dir trägst?«

»Notizen gegen das Vergessen«, seufzte er. »Beobachtungen, Gefühle, etwas, worüber ich noch einmal nachdenken möchte, was ich noch genauer in Sprache fassen, ein- und wegordnen möchte.«

»Du schreibst?« Sie lachte: »Basilius, der Poet! Das ist ja fantastisch.«

»Nein! Nein!«, wehrte er ab. »Zu hoch gegriffen. Verzweifelte Versuche, nicht zu verstummen, mehr …«

Aber Mary schnitt ihm das Wort ab und entwarf erstaunlich schnell die Umrisse eines neuen Projekts. Arbeitstitel *Ärztepoesie*! Spontan falle ihr noch Benn ein, mit Doppel-n, Gottfried, den könne man dazunehmen. Aber da gebe es sicher noch weitere. Doktor Schiwago vielleicht!« Sie kicherte. »Na, was meinst du?«, strahlte sie ihn an. »Da machen wir was draus.«

Basilius dachte sich weg von hier, lächelte müde, stand auf und bezahlte am Tresen.

Auf dem Nachhauseweg hörte er Mary noch viel erzählen. »Überleg es dir!«, sagte sie, als er ihr die Haustür öffnete, sah ihn lange an und umarmte ihn flüchtig.

Viel später, als das Aufnahmeteam und Mary weitergezogen waren, setzte er sich noch eine Weile an seinen Schreibtisch.

Gegen Ende der Nacht im Dickicht der Gärten ein erleuchtetes Zimmer.

Licht.

12

Bim verabschiedete sich Richtung China. Der Gesprächskreis habe ihn so durcheinandergebracht, in den Grundfesten gleichsam erschüttert, dass er sich selbst ein Urteil bilden müsse. Es war klar, dass er es nicht bei einer solchen, eigentlich hinreichenden Erklärung beließ, sondern sich in einem Exkurs über Marco Polo zu verlieren drohte, dessen Spuren er zu folgen gedenke. Falls es sie gebe. Denn dass dieser venezianische Kaufmann vor rund 750 Jahren den Hof des Mongolenherrschers Kubilai erreicht und zeitweise in dessen Diensten gestanden hat, sei keinesfalls sicher. Wie so vieles.

»Zàijiàn!«, rief er Basilius zu, als sie sich vor dem Café trennten. »Auf Wiedersehen!«

»Pass auf dich auf, Bim!«, murmelte Basilius, denn der hagere Mann war schon fast um die Ecke.

Ein paar Wochen später machte er sich auf den Weg zu Meret. Es ging auf Ostern zu. Sie hatten sich bei Whatsapp viel geschrieben und Fotos geschickt, und er stellte sich ihr Leben am Ende so vor, wie er es von Astrid Lindgrens Buch *Ferien auf Saltkrokan* erinnerte, das er Ben und Bodo in Kindertagen vorgelesen hatte: eine kleine Inselwelt in den Schären nördlich von Stockholm mit freundlichen Menschen, einer Kirche, einem Kaufmann, kurz vor dem offenen Meer mit nackten Klippen, wo niemand wohnt als die Eidergans und die Möwe. Willkommen sei er allemal, schrieb sie, und wenn er sich vorstellen könne, auch als Arzt mit Rat und Tat ein wenig zu helfen, sei das »einfach wunderbar«. Er merkte, wie es ihn freute, gebraucht zu werden.

Und hinzu kam, dass das Leben zu Hause ihm von Tag zu Tag fremder geworden war. Das war ja im eigentlichen Sinne nicht mehr sein Zuhause. Die Räume hatten sich verändert, dann die Menschen, die vergeistigt ein- und ausgingen; und vor allem das Zusammenleben mit Beatrice. Dass sie mit dem Rauchen aufgehört hatte, war mehr als okay. Schmerzlich aber war ihr Verzicht auf den Wein. Sie saßen weniger zusammen und redeten, und wenn, dann glaubte er bei jedem Glas einen leisen vorwurfsvollen Spott in ihrem Gesicht lesen zu können. Den letzten Anstoß aber gab ihm Lotta, als ihm klar wurde, dass sie ihn dazu bringen wollte, sich in der Kunst zu üben, still zu sitzen. Da hörte er förmlich den inneren Schrei:

In die Wälder, ans Wasser, auf die Insel, zu Meret!

Eines Morgens nahmen sie Abschied voneinander. Sie saßen in der Küche. Der Himmel, begann Beatrice, sei in der Früh unmerklich hell geworden. Wolken-verhangen. Doch für einen Moment habe sich das Grau für ein Dreieck geöffnet, zunächst mit einem dunklen Fleck in der Mitte, wie ein Auge, dann mit dem fast vollen Mond. Ein kurzes Schauspiel nur, aber sie wolle das als gutes Zeichen nehmen für seine Fahrt. Sie nahm den Teebeutel behutsam aus der Kanne, legte ihn beiseite und füllte die Schalen. »Das Haus atmet Ruhe«, sagte sie nach einer ganzen Weile wie zu sich selbst. »Lebenskreise schließen sich. Die Sehnsucht der Kinder nach Stille. Kein Gejohle und Geschrei, keine Klingeltöne und Sirenen. Keine Kanzlei. Kinder bleiben wir unser Leben lang. Menschenkinder. Du hast nie viel erzählt von dir und deinem Leben, deinen Gefühlen und Gedanken. Aber ich erinnere mich, dass du einmal davon gesprochen hast, dich früher oft wie im Käfig gefühlt zu haben. Nun fliegst du also davon. Wenn ich die Augen schließe, werde ich dich begleiten. Und wenn ich das Wasser sehe, dem Fluss folge, der sich irgendwann mit allen Meeren mischt, werde ich bei dir sein.« Sie trank einen Schluck und sagte: »Komm wieder, wenn du es möchtest. Irgendwann werde ich die Leitung des Hauses Lotta übergeben. Seltener hier sein. Wir könnten uns eine kleine Wohnung suchen. Ein Nest bauen. Wir zwei alten Vögel.« Sie lächelte und stand auf. »Du musst jetzt gehen. Draußen wartet bestimmt das Taxi.« Sie zögerte einen Moment, bevor sie hinzufügte: »Und in der Ferne unsere Tochter. Leb wohl, Basilius.« Sie umarmte ihn kurz, flüsterte ein »Danke«, drehte sich um und verschwand im Weidengang.

Im Zug über Kopenhagen nach Stockholm. Zunächst sah er wie in Endlosschleife die Szene am Morgen vor sich. Er versuchte zu verstehen. Abschied von Beatrice. Bilder, Erinnerungen. Das Kennenlernen an der Uni. Wann immer Zeit gewesen war, hatte er nebenbei fachfremde Vorlesungen gehört. Einfach so. Sich eines Tages neben sie gesetzt. Zufall? »Du heißt Lenz, wirklich Lenz?«, hatte sie ihn gefragt, als ihr Blick auf seinen Kollegblock gefallen war. »Deswegen diese Vorlesung? Bist du etwa verwandt mit dem armen Lenz, Jakob Michael Reinhold?« Und so weiter bis zu den Spuren im Sand.

Zu Hause hätte er jetzt in seinem Zimmer die Zeitung gelesen, sich dem stummen Schrei der Schlagzeilen ausgesetzt, den leisen Stimmen im Haus, den Düften, wäre irgendwann aufgestanden, ans Fenster gegangen und hätte überlegt, was mit dem Tag anzufangen wär. Ein Wetter zum Spazierengehen? Lag auf dem Tisch noch ein Buch für den Abend, auf das er sich freute? *Ein Zimmer für sich allein: Meine Eisscholle* hatte er einmal in sein kleines Heft geschrieben. Nun fuhr er fort. Ließ sich treiben und tragen vom Gleiten, Rollen, Wiegen des Zuges, dem Vorbeihuschen von Häusern und Bäumen, dem Verschwinden des Vertrauten.

Vorn im Waggon eine Gruppe Jugendlicher. Sie lachten viel und laut. Er hätte sie gern aus der Nähe betrachtet. Wenn er durch die Straßen der Stadt ging, überall ältere Leute, packte ihn manchmal eine Sehnsucht nach Jugend. Auf dem Weg zur Toilette warf er einen Blick auf die Gruppe. Viel Schönheit, Leichtigkeit, Lebensfreude war unter ihnen. Am Fenster ein stiller Junge. Ein Gezeichneter. Einer, der leicht rot wurde, der sich wünschte, woanders zu sein. Das gab es also immer noch.

Neben ihm, auf der anderen Seite des Ganges, ein schmaler Anzugträger. Spitze Schuhe, dünnes, gescheiteltes Haar. Vor sich ein aufgeklappter Laptop. Auf dem rechten Oberschenkel eine Maus, mit der er die Spalten und Tabellen auf dem Bildschirm dirigierte. In der linken Hand ein Taschentuch zum Abtupfen der triefenden Nase. Vielleicht einer, der seine Hausaufgaben machte.

Basilius hätte jetzt gern gelesen. Auf dem Bücherstapel in seinem Zimmer lag ganz oben Susan Sontags *Das Leiden anderer betrachten*. Warum hatte er es nicht mitgenommen? Er holte sein kleines Notizheft aus der Tasche, den Bleistift. Ihm fiel nichts Gescheites ein. Er schloss die Augen. Von einem Ruck wachte er wieder auf. Das Heft war ihm aus der Hand geglitten. Er hob es auf. Als letzte Eintragung stand das Wort *Seifenblase* da. Er konnte sich nicht daran erinnern, es aufgeschrieben zu haben.

Ihm gegenüber saß jetzt eine junge Frau. Schmal, grasgrünes Wollkleid, blasses Gesicht mit knallrotem Mund, ihr glattes Haar schmiegte sich an den Schwanenhals. Sie sah hinaus. Nachdenklich, ruhig, rätselhaft. Sie erinnerte ihn an eine Patientin, die er vor vielen Jahren gehabt hatte. Sie hatte sich im Behandlungszimmer gar nicht erst hingesetzt, sondern war ans Fenster gegangen – die dunkle Silhouette vor hellem Hintergrund war ihm wie ein Scherenschnitt ins Gedächtnis gebrannt –, hatte lange dort gestanden, sich dann umgedreht, ihn angesehen und gesagt, sie sei gekommen, um von ihm zu erfahren, wie denn zu leben sei, welchen Sinn dieser ständige Schmerz habe, der sie peinige, diese Leere, der sie nicht Herr werden könne. Ein Auftritt. Und in der Tat hatte sie ihm später erzählt, dass sie nach ihrem Psychologie-studium eine Schauspielschule besucht habe. Sie machte die Praxis zur Bühne, spielte großes Theater. Das volle Wartezimmer schien sie nicht zu stören. Vielleicht hätte sie am liebsten die Türen öffnen und alle zusehen lassen. Nein! Alles lebte von der intimen Atmosphäre, die sie augenblicklich herstellen konnte. Durch ihre Art zu sprechen, sich zu bewegen. Und obwohl er im ersten Moment irritiert, ja, sogar ein wenig genervt gewesen war, musste er sich eingestehen, dass sie eine Aura besaß, der er sich nur schwer entziehen konnte. Die Routine der Untersuchung und Beratung, jede Berührung bekam etwas Schweres, Schwüles, Dunkles, Betäubendes. Die Folgetermine standen ihm bevor. Er begriff sich zeitweise als Akteur in einem Spiel mit offenem Ausgang, da unklar war, wer Regie führte. Sie blieb dann eines Tages weg.

Im Waggon gab es Bewegung. Zwei Jungen waren unterwegs und sammelten Unterschriften für *Fridays for Future*. Soviel er sah, unterschrieben alle. Nur der Laptopper winkte ab. Er telefonierte. Und weiter hinten schliefen zwei Reisende inmitten von Gepäckbergen. Auf einem Koffer war *Im Urlaub was erleben* zu lesen. Basilius hatte hinzugefügt *Every day!* Als die jungen Leute wieder in ihrer Gruppe angekommen waren, gab es plötzlich ein entsetzliches Geschrei, und die Mädchen stürmten – wie es schien – auf ihn los. Aber nicht er, sondern die Grasgrüne war ihr Ziel. Und aus dem ganzen Stimmengewirr konnte er schließlich heraushören, dass sie wohl eine berühmte Influencerin in der Modebranche war. Die Mädchen schienen Basilius wie enthemmt und beruhigten sich erst, als die Grüne mit jeder von ihnen ein Selfie gemacht hatte.

Was für eine Welt! Er sehnte sich jetzt umso mehr nach den unberührten Wäldern, Inseln, Wasserlandschaften, freute sich auf die Gespräche mit Micha und Meret, auf Hildegard, auf *Saltkrokan*. Er hatte das Gefühl, dass etwas Neues begann. Ein Aufbruch. Als der Service mit dem Erfrischungswagen vorbeikam, kaufte er ein Bier.

Nachts in Stockholm. Kalter, scharfer Nordost. Sternenklarer Himmel. Müde schleppte er sein Gepäck ins Hotel, das ganz in der Nähe des Bahnhofs

lag. Bevor er ins Bett ging, duschte er heiß. Nachmittags hatte er sich im Bordrestaurant eine *Pfannkuchentorte mit Schlagsahne und Honig unter Blaubeerhimmel* gegönnt. Der Name war zu verlockend gewesen, jedes Wort weckte Kindheitserinnerungen. Und bei einem Bier war es nicht geblieben. Jetzt lag alles schwer im Magen. Er wälzte sich lange von einer Seite auf die andere. Wegen des Sturms wagte er nicht, ein Fenster zu öffnen. Bettdecke und Auflage mussten mit einem Gummibezug versehen sein. Er schwitzte. Wie gerädert wachte er morgens auf, duschte, packte und ging in den österlich geschmückten Frühstücksraum. Kaffee, Brötchen, Lachs und Rührei taten ihm gut. Er fühlte sich besser, schickte Meret eine Nachricht, bezahlte und verließ das Hotel. Unterwegs kam die Antwort: »Wir freuen uns auf dich, Dad. Sei behütet!«
Ein paar Häuser weiter fand er Europcar. Über endlose Straßen in den unwegsamen Norden zu rollen, ohne umzusteigen und das Gepäck zu schleppen, so hatte er es geplant. Ein Auto war vorbestellt. Der Vermieter, ein fröhlicher junger Mann mit Zopf, nannte ihm Orte, in denen er das Auto abgeben könne, falls er länger da oben bleiben wolle, und gab ihm den Schlüssel. Er verstaute sein Gepäck und setzte sich in den Wagen. Alles roch neu. Er war lange nicht Auto gefahren. Er mühte sich, den Sitz so einzustellen, dass es bequem war, und startete den Motor. Überall leuchtete es auf. So musste es im Cockpit eines Flugzeugs aussehen. Er hätte gern das Navi eingestellt, auf dem Bildschirm erschien alles Mögliche, nur keine Karte. Vielleicht ging es auch so. Wozu waren Straßenschilder da? Immer Richtung Norden. Am Lauf der Sonne orientieren. Um im

Rückspiegel etwas sehen zu können, musste er sich weit vorbeugen. Er legte probeweise den ersten Gang ein und gab Gas. Das Auto bewegte sich nicht. Wo war die Handbremse? Nein. So ging es nicht. Er musste sich das Auto erklären lassen und stieg aus. Der Vermieter versuchte gerade einer jungen Frau mit einem großen Rucksack und derben Wanderschuhen klarzumachen, dass er heute beim besten Willen kein Auto mehr auftreiben könne. Es tue ihm leid. Basilius nannte sein Problem. Der Vermieter nickte verständnisvoll. Als sie zum Auto gingen, fragte er Basilius, ob er vielleicht die junge Frau mitnehmen könne. Sie komme offenbar auch aus Deutschland und müsse wie er nach Norden. Basilius setzte sich ins Auto und ließ sich alles erklären. Er glaubte zu verstehen, musste dabei aber auch an die Frage des Vermieters denken und beobachtete nebenbei die junge Frau, die unschlüssig in der Gegend stand. Rot gefärbtes Haar, alles etwas wirr, aber irgendwie sympathisch. Als der Vermieter ihm noch ein »Good luck« zurief, stieg er aus, ging auf die Frau zu und fragte, wer sie sei und wo sie denn hinwolle. Sie sah sehr verzweifelt aus. Jenny heiße sie, komme aus Brüssel und organisiere mit anderen ein Umweltcamp im Norden. Wegen ihrer kranken Mutter hätte sie nicht schon eine Woche zuvor mit den anderen fahren können, die schon da oben seien: »Mit Bus und Bahn sehr kompliziert«, sagte sie und entblätterte eine Karte von Schweden, die sie mit beiden Händen hielt. Basilius beugte sich zu ihr, orientierte sich kurz und zeigte auf sein Ziel. »Aber das wäre ja fantastisch, wenn ich mitkönnte«, rief sie. »Von da kann ich abgeholt werden, das ist kein Problem. Das ist dann nur noch ein Katzensprung!« Sie faltete die Karte wieder zusammen: »Ich beteilige mich auch an den Kosten, das ist ja wohl selbstverständlich.«

Sei es, dass es Basilius peinlich gewesen wäre, jetzt noch einen Rückzieher zu machen, oder er sich vielleicht erhoffte, im Falle eines Falles von der jungen Frau Hilfe bei der Bedienung des Autos zu bekommen, er lud sie ein mitzukommen.

Sie strahlte: »You're saving my day«, verstaute ebenfalls ihr Gepäck, sie stiegen ein und los ging's. Sobald sie aus Stockholm raus waren und ins offene Land kamen, fing Jenny an zu erzählen. Basilius hörte auf dem rechten Ohr schlecht, fragte anfangs nach, ließ es aber bald, um ihren Redefluss nicht dauernd zu unterbrechen. Immerhin, soviel begriff er, dass sie in München aufgewachsen und nach dem Abitur viel in Europa rumgekommen war. Sie hatte mal dies, mal jenes studiert, jetzt mache sie bei der EU ein Praktikum. Er merkte, dass es ihn anzustrengen begann, ihr zuzuhören. Sie sprach sehr schnell und sehr monoton. Zunächst erzählte sie von dieser bevorstehenden Sache im Norden wie von etwas Geheimnisvollem, aber sehr, sehr Wichtigem. Als sie sich mittags in einer Raststätte bei Kaffee und Kuchen gegenübersaßen, verstand er sie akustisch besser und fragte dann doch direkt nach. Sie war einen Moment still, tatsächlich still, rührte in ihrem Kaffee und sagte dann, eigentlich dürfe sie ihm das gar nicht sagen, aber gut, sie vertraue ihm, er werde das ja nicht gleich in die Welt hinausposaunen. Sie vertraue ihm, wie er ja auch ihr vertraue, indem er sie mitgenommen habe. Das gegenseitige Vertrauen sei gewissermaßen die Basis ihrer Fahrt in den Norden. Also »Top secret!«. Könne er schweigen, bis er das dann eines Tages aus den Medien erfahre?

Er sagte, jetzt mache sie ihn aber tatsächlich neugierig. Er sei gespannt wie ein Flitzebogen und gebe ihr sein großes Indianerehrenwort. Sie lachte. Wie ein Kind, dachte er.

»Psst!«, sie legte ihren rechten Zeigefinger auf ihre blassen Lippen und flüsterte: »Wenn wir wieder allein im Auto sind, erzähl ich's. Nicht hier.«

Beim Tanken half sie ihm, den Mechanismus zum Öffnen des Tankdeckels zu finden. Darüber war er froh. Während der Weiterfahrt hielt sie ihm zunächst einen langen Vortrag über den gegenwärtigen Zustand der Europäischen Union. Ermüdend. Zeitungslektüre. Dann aber kam sie zu dem Projekt. Geplant war, sehr einflussreiche Politiker der 27 bzw. 28 Mitgliedsstaaten, wer das sei, dürfe sie auf keinen Fall sagen, eher beiße sie sich die Zunge ab, also diese Leute im Norden Schwedens in einem einsamen Camp für einen Monat zusammenzubekommen, abgeschlossen von der Außenwelt, kein Smartphone, kein Handy, keine Lobbyisten, nichts, nur mit ihren Sherpas und Sicherheitsleuten, um in der Abgeschiedenheit zueinander zu finden, sich der Schönheit und Gefährdung Europas bewusst zu werden, Frust abzulassen, Probleme zu benennen, Visionen zu entwickeln, zu träumen, Ziele für ein Europa 2030 und konkrete Schritte zur Umsetzung zu vereinbaren. »Nägel mit Köpfen! Ein Update für die EU!«, schwärmte sie. Allen sei ja klar, das Produkt EU müsse erneuert, die Prozesse beschleunigt, das Image verbessert werden. Eur-*Opa* müsse *Opa* über Bord werfen und zu neuen Ufern aufbrechen. Sie erging sich in Programmpunkten, die ihre Gruppe entworfen habe, gab zwischendurch kurze Hinweise, in welche Richtung er fahren müsse, sie kenne sich hier aus,

sprach von Wander- und Klettertouren, Lagerfeuer-
romantik, gemeinsamem Kochen usw.

Irgendwann hörte er ihr nicht mehr zu. Wie konnte ein
Mensch so viel reden. Stimmbänder wie Drahtseile
musste sie haben! Nebenbei spielte sie mit ihrem
Smartphone. Plötzlich starrte sie wie gebannt auf den
Bildschirm und schwieg einige Augenblicke. »Oh
mein Gott!«, rief sie dann, wurde hektisch, las, sah
sich Fotos an. »Oh mein Gott!«, wiederholte sie.
»Nein!«

»Was ist denn passiert?«, fragte Basilius beunruhigt.

»Notre-Dame hat gebrannt! Vieles ist zerstört. Aber
sie steht«, fügte sie lachend hinzu. »Sie steht und wird
wieder aufgebaut. Spendengelder fließen bereits.«

»Und die Ursache?«, hakte Basilius nach.
»Terroristen?«

»Nein, nein. Das ist wohl bei Renovierungsarbeiten
passiert«, murmelte sie und sah wieder einige Minuten
auf den Schirm.

»Oh mein Gott!«, brach es wieder aus ihr heraus und
euphorisch fuhr sie fort: »Ja! Ja! Welch ein Geschenk
des Himmels! Ein Zeichen! Was für eine Nacht muss
das gewesen sein. Um die brennende Kathedrale
herum inbrünstig Betende, Ascheflocken im Haar,
Tränen im Gesicht. Welche Emotionen! Welche
Symbolik! Welche Einigkeit! Menschen singen die
Marseillaise. Notre-Dame, das Herz Frankreichs,
angeschlagen wie die gespaltene Nation. Aber sie
wird auferstehen, glänzender und schöner denn je.
Wie Frankreich. Wie Europa. Die Gottesmutter zeigt
uns den Weg. Wenn wir uns auf unsere abend-
ländischen Wurzeln besinnen, unsere Werte,
bekommen wir unsere Seele zurück. Das ist ja der
absolute Kick für unser Camp im Norden, unsere

Chance, alles zum Guten zu wenden, ein neues Narrativ für Europa zu schreiben. Und ich werde dabei sein. Mein Leben auf dem Beifahrersitz wird ein Ende haben. Aufwärts geht's!« Sie lachte.

Basilius sah die Kathedrale vor sich als Schauplatz in der Verfilmung des *Glöckners von Notre-Dame*, Verkörperung mittelalterlicher Kultur. Von der Handlung war der Eindruck geblieben, dass alle, ob Mönch, Adliger oder der verkrüppelte Quasimodo, doch nur hinter der schönen Gina Lollobrigida her sind, die als Hexe am Galgen endet. Daneben Massen von Bettlern und Gaunern.

Und später, während einiger Tage in Paris auf den Spuren großer Künstler, hatten sich Beatrice und er im Besucherstrom auch durch das Innere von Notre-Dame schieben lassen. Wie lang war das her! Wie flüchtig! Und das sollte jetzt der Erneuerung Europas dienen? Eine restaurierte Kathedrale als Vision?

Rätsel Mensch.

Ein Foto aus der vergangenen Woche fiel ihm ein: ein dunkler Schatten, umgeben von leuchtend roten Wolken mit gelbem Smiley-Lächeln. Wie Hohn hatte es auf ihn gewirkt. Das erste Bild eines Schwarzen Lochs. 6,5 Milliarden Sonnenmassen, konzentriert auf einen Punkt, an dem Raum und Zeit ihre Bedeutung verlieren, jenseits des Begreifbaren für uns kleine menschliche Wesen auf der winzigen Erde, die um eine läppische Sonne am Rande der mickrigen Milchstraße kreist, einer Galaxie unter vielen, verloren in den Tiefen des Alls.

Unfassbar die Leistung einiger Menschen, so in die Abgründe unserer Existenz schauen zu können.

Unfassbar aber auch das Bemühen anderer, sich festhalten zu wollen am Gemäuer einer mittelalterlichen Kathedrale.

Er sehnte sich nach Beatrice. Warum saß nicht sie neben ihm? So abwegig schien ihm der Wunsch nicht, sie wäre mit ihm gefahren, um Tochter und Enkelin einmal zu sehen, zu sprechen, im Arm zu halten.

Rätsel Mensch.

Gegen Abend, nach einem weiteren kurzen Zwischenstopp an einer abgelegenen Tankstelle, die ihn an ein Bild Hoppers erinnerte, immer dunkler, abgeschiedener, einsamer wurde die Gegend, hielt er an einem Waldstück. Er müsse kurz pinkeln.

Er stieg aus, atmete gierig die frische Luft ein und ging ein kurzes Stück. Welche Stille! Wie hatte er sich danach gesehnt! Die Ruhe der Bäume. Er schloss die Augen.

Himmlisch.

Plötzlich meinte er das Geräusch eines anfahrenden Autos zu hören. Es dauerte einen Moment, bis er begriff und zurück zu der Stelle hastete, an der er eben ausgestiegen war. Weg! In der Ferne die Rücklichter.

Er suchte den Boden ab, ob sie ihm irgendetwas dagelassen hatte. Nichts!

Smartphone, Papiere, Portemonnaie, Koffer, alles im Auto. Nicht mal eine Jacke hatte er an.

Enttäuschung, Wut, Panik.

Und dann: Er verstand es einfach nicht. Es war wie bei einem Buch, das er ruhelos auf ein Ende hin gelesen hatte, das ihm dann unsinnig erschien.

Es begann frisch zu werden. Er versuchte, in Ruhe zu überlegen, was jetzt am sinnvollsten wäre. Sehr weit konnte es eigentlich nicht mehr sein. Hinter dem Wald musste das Wasser, mussten Inseln, musste *Saltkrokan*, mussten Menschen sein. Besser vorwärts als zurück. Lange war ihnen kein Auto begegnet. Er schritt aus. Ein kleiner Feldweg schlängelte sich am Rand des Waldes entlang. Dem folgte er. Das Gehen tat ihm gut. Hoffnungsgierig hielt er Ausschau nach menschlichen Spuren, einem Licht.

Er ärgerte sich, dass er sich so hatte volllabern lassen, dachte an Beatrice und glaubte auf einmal ihre Stimme zu hören: »*Das sicherste Verschweigen ist das Sprechen.* Wie konntest du das vergessen?«

In seinem kleinen Heft hätte er jetzt die *Seifenblase* platzen lassen.

13

Zwei Tage später erreichte er das große Wasser. Im dunklen Wald war ihm der Himmel zur Hölle geworden: Kälte, Hunger, Gestrüpp, entwurzelte Bäume, sperriges Wurzelwerk, keine Menschenseele, nur die Geräusche des Waldes, der Tiere.

Die Gleichgültigkeit der Natur.

An einen Baum gelehnt fand er im Sitzen etwas Schlaf, Wasser trank er aus einem Bach. Er hatte geträumt, durch ein Labyrinth ineinander verschränkter Gebäudeteile zu irren und nach einem Ausweg zu suchen. Ab und zu tauchten Menschen auf, die ihn wissend anlächelten oder auch ein Stück begleiteten, sich dann aber in Luft aufzulösen schienen oder hinter Pfeilern verschwanden. Schließlich sprach er einen vertrauenerweckenden älteren Mann an und fragte nach der Verwaltung, der Leitung, dem Chef dieses Wirrwarrs, einem Bauplan, einer Übersicht. Der Mann nickte, winkte, ihm zu folgen, und führte ihn auf eine Landzunge, die in einen See ragte und auf der weißbekleidete Menschen standen. Der Mann hob die Hände und rief etwas Unsichtbares auf dem Wasser an. Plötzlich erhob sich dort auf einem Surfbrett ein buntgekleidetes, schreiendes Wesen, paddelte stehend auf den Mann zu, der sich ihm entgegenwarf und augenblicklich von diesem schreienden Etwas unter sich begraben, ausgesaugt und zerfleischt wurde. Die Umstehenden auf der Landzunge schienen erleichtert. Es war, als ob dieses Opfer ihnen Luft verschafft hatte. Basilius aber entsetzte dieses grausige Schauspiel, das ihn auch nach dem Aufwachen noch lange verfolgte.

Nun lag das Wasser ruhig und unschuldig im Dunst des frühen Morgens vor ihm. Gab es eine Geisterwelt? Lebten die Toten von den Lebenden? Mussten immer mehr Menschen geboren werden, damit die wachsende Zahl der Toten sich ernähren konnte? Waren die Kriege und Naturkatastrophen Festmähler für die Toten?

Er wurde offensichtlich verrückt.

Aber es gab Hoffnung. Als der Nebel sich verzogen hatte, meinte er in der Ferne eine Insel mit einem Kirchturm zu sehen. Mit neuer Kraft suchte er das Ufer ab und fand tatsächlich in einem verrotteten Schuppen ein kleines Ruderboot, das ihm seetüchtig schien. Er zog es ins Wasser und legte sich in die Riemen. Nach einer Weile wusste er, dass es vergeblich war. Wind war aufgekommen und trieb ihn hinaus aufs Meer. Verzweifelt, erschöpft, mutlos ließ er sich treiben. Ein paar Möwen kreisten wie Geier über ihm.

Nicht mehr hier und noch nicht dort fiel ihm ein.

Aus grauer Wolkendecke hörte er das Brummen eines Motorflugzeuges. Vielleicht ließen Micha und Meret schon dort oben nach ihm suchen.

Er hielt eine Hand ins Wasser und versuchte Beatrice zu spüren. Das Flugzeug erinnerte ihn an Sonntage bei Kaffee und Kuchen im Pavillon. Das war dann also das Paradies gewesen. »Woher kommt eigentlich das Wasser der Schwale?«, hatte Meret einmal gefragt, vier musste sie gewesen sein. »Es kommt von irgendwo und geht nach nirgendwo«, hatte Ben geantwortet, woraufhin Meret ergänzte: »Ach so, es kommt von irgendwann und endet nirgendwann.« Beatrice hatte gelacht und Mühe gehabt, ihren Stolz auf die Kinder zu verbergen.

Über der Wasserwüste tauchte für wenige Momente ein Düsenflugzeug auf. Er lachte: Bodo als Euro-Fighter? Die Linie des Horizonts erinnerte ihn an Dominiques Bild. Plötzlich glaubte er es zu verstehen: Hielt er den gezackten Streifen so, dass er waagerecht durchs Bild ging, war es das Profil der Berge am Ende des Films, den sie gemeinsam gesehen hatten. Himmel und Erde wie auseinandergerissen.

Senkrecht ein Riss, der durch die Welt ging.

Der Riss als Metapher der Moderne!

Basilius musste mit ihm darüber reden. Und mit Bim. Und Bea.

Er fühlte frischen Lebensmut. Da ging noch was. Mit dem Wind und der Strömung zu rudern, musste ihn zu neuen Ufern bringen. Er legte sich kraftvoll in die Riemen. Jetzt ging es voran.

Sei klug und halte dich an Wunder.

Schließlich war Ostern.

Vom Kirchturm war nur noch die Spitze zu sehen.

Das Land versank.

Der Autor

Ulrich Grode,

geb. 1948 an dem einen Ende des
Nord-Ostsee-Kanals, in Brunsbüttel,

als Schüler in die Mitte Schleswig-Holsteins
gezogen worden, nach Neumünster,

Studium am anderen Ende des Kanals, in Kiel,

von 1975 bis 2012 Lehrer an der
Immanuel-Kant-Schule in Neumünster
für die Fächer Deutsch, Geschichte, WiPo
und Leiter der AG Kreatives Schreiben,

verheiratet und Vater zweier erwachsener Söhne.

Veröffentlichungen

Frierender Atem
1994, mit Fotos von Martin Dannmeier

Standvermögen
1995, mit Fotos von Martin Dannmeier

Da siehst du, wer morgen zum Kaffee kommt
2000

Himmel über Neumünster
2005, mit der Fotografin Marianne Obst

Die Nussknacker-Suite
2013, mit Jan-Christoph Mohr und den Salt Peanuts,
der Big Band der Lübecker Hochschulen

So war das mit Booker
2013, ISBN 978-3-7322-4113-2

Von jemandem, der da war
2015, in: Thorsten Kehl (Hrsg.), ZeitenWechsel,
Industriekultur in Neumünster – Annäherungen

Woanders, vielleicht
2015, ISBN 978-3-7386-4640-5

*Der Moment, in dem der Besucher achtlos an der
Mona Lisa vorübergeht*
2016, ISBN 978-3-7412-8921-7

Trunkene Schwäne
2017, ISBN 978-3-7448-9011-3